# 难舍的情结

NANSHE DE QINGJIE · · · · · · · · · · · · · · · · · · · · · · · · · · · · · · · · · · · · · · · · · · ·

 时代出版传媒股份有限公司

安 徽 文 艺 出 版 社

　　**李士林**　生于20世纪60年代,安徽省作家协会会员、安徽省报告文学家协会会员。20 世纪 80 年代中期开始文学创作,先后在国内报刊上发表小说、散文、报告文学等 200 余篇,已出版个人文集《不灭的激情》。

李士林◎著

# 难舍的情结

Nanshe De Qingjie

时代出版传媒股份有限公司
安徽文艺出版社

**图书在版编目（ＣＩＰ）数据**

难舍的情结/李士林著. —合肥：安徽文艺出版社, 2018.10
（2024.7 重印）
ISBN 978-7-5396-6457-6

Ⅰ. ①难… Ⅱ. ①李… Ⅲ. ①散文集－中国－当代
Ⅳ. ①I267

中国版本图书馆 CIP 数据核字(2018)第 201080 号


出 版 人：姚 巍
责任编辑：周 康 王婧婧          装帧设计：徐 睿
.......................................................................
出版发行：安徽文艺出版社　　www.awpub.com
地　　址：合肥市翡翠路 1118 号　邮政编码：230071
营 销 部：(0551)63533889
印　　制：安徽芜湖新华印务有限责任公司　(0553)3916126
.......................................................................
开本：880×1230　1/32　印张：5.875　字数：120 千字
版次：2018 年 10 月第 1 版
印次：2024 年 7 月第 2 次印刷
定价：35.00 元
.......................................................................
（如发现印装质量问题，影响阅读，请与出版社联系调换）

# 目 录
CONTEN

## 难舍的情结

# 自　序

出作品集几乎是所有作者都梦寐以求的事。我是凡人，也不例外。出本作品集，一方面是自我证明，同时也想借此传递给亲朋好友一个准确信息。所以，40岁那年，我出了第一部作品集《不灭的激情》。

第一部作品集中收录的大都是我年轻时的作品，充满激情和浪漫。40岁之前，自己是怎样的激昂慷慨呢？尽管道路坎坷，历尽艰辛，但豪气不曾稍减，充满浪漫幻想。正如我在《五十感怀》中描述的那样，我曾在煤油灯下苦学不辍，曾骑自行车跑60公里参加自学考试，曾四处张罗筹备文学社，等等！40岁后，各方面条件大有改善，我也渐渐失去了浪漫，丢掉了幻想，变得更加从容，更加淡定！然而，动笔的冲动却越来越少，说工作忙也大都是借口。41岁那年，我从繁忙的乡镇党委书记岗位调到县检察院工作，比起乡镇，检察院的工作要轻松、单纯许多。这段时间，我静下心为自己充了充电，也写了不少"豆腐块"，但感觉满意的不多。2007年年初，我又调到县卫生局工作，在卫生局局长岗位上一干就是8年多，后又转岗到县交通运输局工作。这十几年间，由于工作压力比较大，心浮气躁，很少能静下心来写点像样子的东西。但所幸的是，这十几年中，虽然因工作十分繁忙，很少动笔，但也一直没有停过笔，总是尽量抽点空闲，匆匆记下岁月中的点滴和工作中的忧喜！像《难舍的情结》《检徽，永远在我心中闪耀》《农村卫生工作的忧虑》《风雨八年卫生路》《扶贫更需扶志》《千年寿州在诉说》等，既记录了我工作中的思考与忧虑、收获与喜悦，也倾诉了对几次岗位调整的诸多感慨！

岁月如此沧桑，世态并不炎凉。人们常说，人越老越容易怀旧，这话一点不假！尤其是50岁后，我常常怀念已逝的美好日子，怀念与少年伙伴们一起在河边捉鱼摸虾的童真童趣，怀念少年务农时的艰辛，怀念求学路上的坎坷，怀念投身军营的峥嵘岁月，怀念自己出生地老宅子的恬静与悠远——这些历久不衰的记忆常常让我激动不已,有一种欲罢不能的写作冲动。情之所至,率性而为,郁结于心的文思终于化为笔端的汩汩清泉,于是,在繁忙的日子里我写下了《寻梦鹤顶山》《情系洪家油坊》《五十感怀》《难忘甘泉》等怀旧文章。

眼下,出书已不再是什么了不起的事了!明星出书、名人出书司空见惯,就连名不见经传的小人物也纷纷著书立说,而神童出诗集、老翁作鸿篇已不再是新鲜事了。所以,在师长和朋友的怂恿下,我再次把这些被我视作"敝帚"的旧文旧稿整理成集,以便总结过去,在来日里精进,以更加澄明的目光审视人生与社会,以更加豁达的态度面对人生的许多缺憾与无奈,以更加睿智的思维勾画生活与未来。

本来想请个名人为我的作品集写个序的,但后来又打消了这一念头。因为无论请多有名的文学大师为自己吹捧,也不可能提升作品的内在价值,无非拉大旗作虎皮而已,用时髦的话叫作炒作。还是自己写几句俗语,虽然没有权威风范,没有理论背景,但起码是个人的真情实感,是自我的认知水准。我的散文大都是有感而发,我比较喜欢这种写作方式。或因事生情,或借景抒怀,或托物言志,大都是原本再现自己亲历亲闻的真景物、真感受、真性情。积少成多,最终垒砌了十几万字。

由于时间仓促和本人水平有限,此书中必有诸多诠释不到位、解读不真实、理解不深入的遗憾和缺失,还恳请各位仁人志士批评斧正。

SHANSHUI QINGHUAI

# 山水情怀

# 神奇的丽江

2005年初冬，一次偶然的机会使我圆了旅滇之梦。

在滇五日，美丽的大理风光，俊秀的苍山，奔腾的洱海，多姿多彩的民俗风情，无不让我流连忘返！但最让我心旷神怡，情不自禁非抒发点赞美之词而不得安宁的还是神奇的丽江。

丽江地处云南北部的滇、川、藏边界，有22个民族，其中以纳西族为主，并孕育了灿烂的民族文化，即东巴文化。丽江有三大奇观：

一是丽江古城。丽江古城始建于南宋末年，是中国历史文化名城和世界文化遗产之一。据记载，早在明朝初年，丽江古城便具备了相当的规模。古城的整体格局是东、南连接丽江平坝，西、北靠山。玉泉河分三流入城，又分为无数支流穿街绕巷。街道沿溪流自由分布，数百座古桥与流水、古巷、古屋交相辉映。古城内街道以四方街为中心，以六条五彩花石街巷向四方辐射，街巷相连，四通八达。多数民居还保留着明清建筑特色。丽江古城内文物古迹众多，纳西文化底蕴丰厚，是国内保存最为完整、最具纳西风格的古城镇。

　　二是玉龙雪山。玉龙雪山位于丽江城北约 20 公里处。玉龙雪山因无数相连的山峰由北向南纵向排列如巨龙而得名。主峰扇子陡海拔 5596 米，是北半球纬度最低、海拔最高的雪峰。与大理的苍山相比，玉龙雪山更显得巍峨壮观。玉龙雪山的索道恐怕会使每一位游客"谈及色变"。我们随旅游团从雪山的东麓山腰乘索道至牦牛坪。这段索道要经过四个峡谷，缆车的距地最高处 200 多米，而且山涧大风时常把缆车刮成 45 度左右的倾斜状。我坐的缆车一路上遇到五六次强风，吓得我双手紧握缆车的把柄，两只脚把缆车的车底都快踩通了，心里一个劲地懊悔呀："怎么想起来上玉龙雪山的！"但当缆车到达牦牛坪，我从索道口走出时，眼前的壮丽景色一扫刚才坐索道时留下的惊恐情绪。我顿时又活跃起来，大声呼喊导游赶快讲解。据导游介绍，牦牛坪原来是放牦牛的地方，居住着百余户藏民，雪山开放以后，这里是观赏玉龙雪山的最佳位置。导游的话一点不假，站在牦牛坪上,确有置身于雪域高原的感觉。远望千山万壑,雪峰相连,近看云雾缭绕,在阳光的照耀下熠熠生辉! 金沙江到了这里,江面奇窄,两座雪山的峭壁夹江而起,被挤夹的江水湍急奔腾,汹涌澎湃。观此景,我心想:这次冒险还是值得的!

丽江的第三大奇观应该是泸沽湖了。泸沽湖就像一颗晶莹的宝石镶嵌在滇西北高原的崇山峻岭之中。泸沽湖虽然不大,但湖形俊美,湖水清绿剔透。湖中有 5 个小岛,湖边有 3 个半岛,湖光山色,十分迷人。给泸沽湖罩上一层神秘面纱的是它周围住着的摩梭人。摩梭人"男不娶,女不嫁"的"阿夏"走婚习俗,早已被国内外媒体炒作得沸沸扬扬。摩梭人是不是像媒体炒作的那样"深夜摸进去,清晨溜出来"呢? 为了搞清这个问题,我从旅游团的大队中"单溜"了一个多小时,走访了七八位当地的知情人。据他们介绍,摩梭人的确至今还保留着走婚的习俗,只是大多数人的性伴侣还是比较固定的,并非想象中的随意走婚。但无论如何,笔者认为,这种文化在与现代文明的碰撞中是十分脆弱的,不知道到底能保留多久。当然,要想真正了解摩梭人,了解"阿夏"文化,需要深入他们的生活,做长时间的了解。笔者只是旅游,领略一下而已,所谈观点也是一家之言。

**2005 年 12 月**

# 海 南 五 日

2004 年 11 月，我从繁忙的乡镇党委书记岗位调到县检察院工作不久，便迎来了一个难得的机遇，市检察院要组织全市分管自侦的副检长赴海南学习考察！海南，是我梦寐以求的地方，但多年来苦于工作繁忙而无缘前往，今天终于如愿以偿了！

11 月 6 日，我们一支 16 人的团队从合肥出发，于晚上 8 点抵达海口美兰机场。我们被安排在当地一家检察官培训机构住下，两天的公务活动结束后，剩下三天半是自由活动时间。市院带队的同志告诉我们：愿意在海南玩玩的，每人自费交 800 元，由会务组为大家统一安排海南三日游。我们市的同志全报了名。

我们游览的第一个景点是位于海南博鳌的玉带滩。玉带滩是一条自然形成的地形狭长的沙滩半岛，又名金沙滩。外侧是烟波浩渺、一望无际的南海，内侧是万泉河、沙美内海，湖光山色，内外相映，构成了一幅奇异的景观。可惜后来由于台风，沙滩被拦腰折断成两截。玉带滩全长8.5公里，来到玉带滩，我不得不赞叹大自然的鬼斧神工，一边是万泉河、九曲江、龙滚河三江出海，一边是南海的汹涌波涛，而细细长长的玉带滩就静静地横卧其间。一条窄窄的、长长的沙滩，千百年来任凭河、海冲刷，稳稳当当地卧于二者之间，你说这不是奇迹吗？

站在玉带滩上，面向大海，但见烟波浩渺的南中国海一望无际，层层白浪扑向脚下。放眼远眺，海水的颜色分三种——淡黄、浅蓝、深蓝，远处渔船星星点点，近处海鸥起起落落，正是一幅绝妙的南海风情画。玉带滩前不远处，有一个由多块黑色巨石组成的岸礁，屹立在南海波浪之中，状如累卵，那便是"圣公石"。传说它是女娲补天时，不慎泼落的几颗砾石，此石乃有神灵，选中这块风水宝地落定于此。千百年来，任凭风吹浪打，它自岿然不动，一直和玉带滩厮守相望。转过身来，又见万泉河、九曲江、龙滚河三江交汇，鸳鸯岛、东屿岛、沙坡岛三岛相望，水泛银波，岛撑绿伞，渔歌起落，游人如织。伫立玉带滩，一海一河,一咸一淡,一动一静,恍如身临仙境。

我们要去的第二个景点是亚龙湾。天下第一湾——亚龙湾,位于三亚市东南 28 公里处,是海南最南端的一个半月形海湾,全长约 7.5 公里,是海南名景之一。亚龙湾沙滩沙粒洁白细软,海水澄澈晶莹,而且蔚蓝,能见度 7~9 米。第一次见到这么美丽的沙滩,我迫不及待地奔向大海。远远望去,水和天似乎都连了起来。踩在松软的沙滩上,一步一个脚印,回头一看,好像一串小鱼似的!市院带队的李处长风趣地对我说:"到了海边要注意,不要湿身哟!"为了"不湿身",我脱掉鞋和袜子,把裤脚卷得老高,大喊一声:"大海,我来了!"便不顾一切地向大海奔去。刚到海边,突然一个海浪冲来,我还没反应过来,已是四脚朝天了,弄得衣服、裤子都湿淋淋的,还沾了一身的沙。跟在我身后的李处哈哈大笑:"李检,怎么样?湿身了吧?"

亚龙湾的海水清澈晶莹,能见度好,大家提议去潜水。导游介绍说这里的潜水费用不低,每人 150 元。听说要这么多钱确实有点心疼,但同伴们大都报名了,霍邱县检察院的张科长还慷慨陈词:别说是 150,到了海南不去深海潜水,那才是二百五呢!就这样,我也掏了 150。不过这第一次潜水着实让我终生难忘!

潜水的地方离岸有四五百米远,要乘汽艇过去。我们换好潜水衣后,在上船前,一个女教练纸上谈兵地教了我们潜水的要领。到了潜水区的船上,我们争先恐后地从一个大水桶里捞一双鞋穿上。一大帮人中没有几个找到左右两只鞋是一样大小的,我也只好穿了一长一短的两只潜水鞋去排队,等着教练给我绑铅块,戴潜水镜。轮到我时,我的腰间被绑了四大块铅块,有十几公斤。教练说我太胖了,不多绑几个铅块,人沉不下去。我却担心铅块绑多了,别沉下去上不来了!下水之前,教练才给背上氧气瓶。另一个脸膛黝黑的教练游到我旁边,从背后挟住我,往海里拖。当时我还是有点紧张的,教练说:"不用怕,绝对保证安全。"教练在和我一阵寒暄之后便问我要不要在海底拍照,当我得知拍一套海底照,不包冲洗的要 120 元,有点舍不得。可一想:既然下水了,没拍个照片回去,说自己潜过水了,谁信?我索性答应了。

接下来便是适应呼吸器。海面上浮着几十个像我一样的准潜水员。教练给我戴好潜水镜,并叫我咬住一个呼吸器。我就浮在海面上用嘴一呼一吸的,做得还挺像样。过了一会儿,教练让我脸朝下,在水下学呼吸。我头往水里一扎,眼前海面上热闹的情景霎时间全没了,只看到空荡荡的海底,除了自己呼吸的气泡声,也听不到其他什么声响。我突然感到一阵恐慌,头忙朝上一抬——我又回到了海面，又回到了人间。教练问我怎么样。我虽然有点害怕，但还是给他打了个"OK"的手势。教练又让我头埋在水下适应，我一下水又马上感到一阵莫名的孤寂，又一下子抬起头来。这时，我不想潜了，想上岸，但一看我的四周都是队友，就连带队的李处，人家是个女士，也下水了，我只好硬着头皮继续潜！

　　教练对我这样的表现似乎司空见惯，他不断地说着：放松，别紧张。我慢慢地静下心来，整个身子扑在海水里。我感觉我的身后有一只手在推着我，我的整个身体轻飘飘地向海底深处沉下去，沉下去。眼前，出现了一个大珊瑚礁，一大群小鱼在我身边游来游去。我伸手去抓，只抓得一握海水。这时，我的前面游来了一个人，手里拿着个照相机。我想，那就是水下摄影师了。教练将我推在一块珊瑚上，摄影师让我打"V"的手势，打"OK"的手势，摆各种姿势。等摄影师转身走时，我的眼前又是空无一人。我这才如梦初醒地一震：差点忘了呼吸，便紧张得大口大口地呼，大口大口地吸，眼前全是泡泡，耳边全是咕噜咕噜的声音。刚才在海面，我第一次将呼吸器放进嘴巴时，脑际突然闪过一个念头：这东西谁都咬过，脏不脏？而现在，却顾不了许多，只要能呼吸，就是给我个后脚跟也得啃着。

　　虽然教练始终都在我的身后，但人越往下沉，越感到一种莫名的恐惧。好几次，我都想给教练打"上去"的手势了，转念一想，这么早就上去肯定会被朋友们耻笑，于是便忍着，继续往下沉。又到了一片漂亮的珊瑚礁前，我便用手去摸，教练忙转到我的眼前，冲我摆摆手，意思是这礁石不能碰，会刺伤人的。教练又游到后面时，我拳头一握，大拇指朝上：上去。教练愣了一下，也冲我做了同样的手势：上去？我点头肯定。没几秒钟，我一下子蹿出了海面，扯下面具，大口大口呼吸着新鲜空气。我以为自己一定是第一个浮出海面的，便在潜水船上等队友们上来，可过了好一会儿，一个船员问我："你怎么还不上岸？你的朋友们早就在岸上等你了。"我将信将疑地上了岸，看到其他朋友已穿戴整齐，才明白自己在海底已经待了很久了。哈哈！后来教练告诉我，我下潜了 10 米左右！

　　我们在海南参观的最后一个景点是天涯海角。天涯海角景区位于海南三亚市西 26 公里的马岭山，立于碧水蓝天之下，终年守望着浩浩南海。

　　这里之所以叫天涯海角，是因为古时海南人烟稀少，荒芜凄凉，孤悬海外，而成为贬谪之地。宋名臣胡铨有"区区万里天涯路，野草若烟正断魂"之叹，道出贬官们前行无路、回转无望的悲凉心境。也正是如此，来到前临茫茫大海、后无退路的陆之尽头，人们只能望海兴叹身处天之涯、海之角的无奈，这也就成了"天涯海角"的由来和出处。

现在的天涯海角，一改曾经留给人们的印象，椰树成林，婆娑多姿，成为人们钟情的旅游度假之地。烟波浩渺的南海上，白帆点点；景区内建有天涯民族风情园、天涯画廊等现代建筑以及海滨浴场、钓鱼台、游艇等娱乐设施；岩边奇石林立，雄峙海边，石上刻有"天涯""海角""南天一柱""海判南天"等。其中，"天涯"题刻为清雍正年间崖州知府程哲所书，"南天一柱"为清宣统年间的知州范云梯所书。由于游客太多，我们胡乱地在几个石刻旁照了几张照片，领队便催我们回去。我虽有些意犹未尽，流连忘返，但毕竟是集体活动，只好作罢。就这样，我带着几分遗憾，几分无奈，匆匆结束了海南之旅！

2004 年 11 月

# 圆　梦

　　秦皇岛，是一个美丽神奇的地方。去秦皇岛观光是我多年来的梦想，尤其是近两年，这种渴望与日俱增，像是久违的情人，一天也不能再等！多少回在梦里描绘着它的神奇，描绘它那海之韵、山之形！

　　今年盛夏，一个偶然的机会终于让我圆了游秦皇岛之梦！

　　我最早知道秦皇岛这个名字，不是因为 2000 多年前秦始皇到这里寻找神仙的住地，讨取长生不老的仙丹的传说，也非因"出入人踪离汉远，淡淡树影倚云栽"的佳句，而是缘于魏武帝"东临碣石，以观沧海"的诗句！"换了人间"之后，毛主席他老人家以其博大的胸怀、深邃的思想和豪迈的艺术，高度概括了幽燕大地上秦皇岛的沧桑变化，写下了"大雨落幽燕，白浪滔天，秦皇岛外打鱼船……"的旷世之作，更为秦皇岛增添了不少神奇迷人的色彩。这可能也是多年来无数游客心驰神往的原因之一吧！

我们一行三人从北京乘坐特快列车前往北戴河。快到秦皇岛时，我禁不住心潮起伏，感慨万千！恨不得一下子跳下火车飞到海边，飞到沙滩，飞到我早已心驰神往、梦寐以求的地方！

在秦皇岛两日，我们选择的第一个游览地是鸽子窝。到鸽子窝的时间是中午 12 点左右，我们登上鸽子窝的最高处，面对汹涌澎湃的大海，油然而生一种豪迈的激情，同时有一种超脱凡俗、宠辱皆忘的感觉！难怪古往今来，无数位文人骚客在此写出了流芳百世的名篇佳句；千百年来，无数英雄豪杰心怀敬仰，朝圣般地赶往这里！就连不可一世的魏武帝也发出"日月之行，若出其中，星汉灿烂，若出其里"的感叹！游完鸽子窝已是下午 4 点多钟了，我们直奔黄金沙滩。同行的两位朋友死活不愿下海，任我如何鼓动，他俩就是无动于衷！没办法，我只好独自下海了。20 多年前我曾在东海边当兵，海上训练是我们的主要训练项目之一，所以下到了海里就像回到久违的故乡一样亲切！海水紧紧地拥抱着我，托浮着我，一会儿把我高高举起，一会儿又把我轻巧地放下。我拼命地拨着浪头，踢着水花，思绪随着运动着的身体全部浸入美妙、神奇的大海之中！平日生活和工作中的一切喜悦及烦恼，此时此刻被这清澈的海水冲涤得荡然无存，无影无踪！游累了，我从海水里走出来，浑身挂满水花躺在沙滩，闭上眼，尽情地享用着这美妙的阳光和温和的柔沙。睁开眼，周围是欢乐的人群，姑娘们身上红红绿绿的泳装，点缀着蔚蓝色的大海、金色的沙滩，悦目极了！人们尽情地欢笑着、嬉闹着，其中还不乏金发碧眼和遍身黝黑者。

　　第二天一大早，我们一行三人在秦皇岛市一位朋友的陪同下来到天下第一关——山海关。冒着炎炎烈日，我们沿着青砖台阶，一路挥汗如雨，疾步登上了天下第一关的城楼。站在城楼上，南望渤海，烟波浩渺，北眺群山，逶迤起伏。再看长城，连着山，接着海，气势雄伟，大有吞天噬地之魄！站在这里，你会感到长城就像一条巨龙，自逶迤起伏的燕山飞身而下，向着渤海昂首飞驰，它把咽喉横亘在辽西走廊上，竖起了天下第一座雄关；站在这里，你才能感悟到"山海关"之称是多么的贴切；站在这里，你才会真切感受到"江山如此多娇，引无数英雄竞折腰"诗句的内涵！从秦始皇求仙入海到汉武帝筑台寻仙，从魏武帝观海抒怀到唐太宗望海赋诗，这里成了历代帝王将相敬仰的圣地；而从明代初年徐达在此建关设防到闯王李自成喋血山海关,从1900年八国联军火烧老龙头到1945年八路军曾克林部收复山海关,这里又成了决定中国历史走向的主战场。为了捍卫这"多娇的江山",数百年来山海关一直是重兵宿将,风惊云扰。在一次次的争夺与反争夺中,尘封的文明得以发扬光大!山海关,你见证了中华民族的沧桑变幻、衰落和辉煌!

2006年8月

# 韶 山 感 怀

　　"车轮飞,汽笛叫,火车向着韶山跑",还在学龄前,我就学会了这首红色歌曲! 几十年来,它不时回响在我的耳边,是它引领我两次踏上韶山之路。第一次是 1998 年 10 月,党校青干班组织外出考察,本来是去张家界的,但在我等几名同学的强烈要求下,带队的同志答应在韶山作短暂的停留。因是国庆长假期间,快到韶山时,路上堵得一塌糊涂,我们的大巴车根本开不进去! 带队的领导手一挥:"车子掉头,不去了!"我只得带着无限的遗憾和不舍离开了韶山。

　　千山万水隔不断多年夙愿,时光的流逝减不去对伟人故乡的向往! 时隔 8 年,2006 年的金秋,我又回来了! 这次全国检察机关在湖南有个培训，我抽了一个双休日时间，一个人专程来到韶山！

进入韶山景区，远远地，就看到那个矗立在天地之间的魁伟的身影，那就是毛泽东同志的铜塑像了。铜像坐西南、朝东北，双手握书卷，身着中山装，双目炯炯，微露笑容，在雨后初晴的阳光里尤显神采奕奕。我伫立在铜像前，人还不如基座高，抬头仰望，伟人的身影直插向青天深处。与这种物理上的高下伴生的是精神上的落差，遥想他纵横挥洒、波澜起伏的一生，只感觉自身的渺小，唯有低眉折腰地心向往之了。据当地人说，围塑像绕行三圈，鞠躬还愿，是非常灵验的。自然也就有了很多主席保佑诚心人的故事，在当地乡人中口口相传。信与不信，自不待言，然传者甚众。我虽未按传说中绕行三圈，但也情不自禁地深深三鞠躬，心中默默念道：毛主席呀毛主席，您心忧天下，走出韶山指点江山、激扬文字，红旗卷起农奴戟，浴血奋战不屈不挠！中华儿女红心永向您——人民的大救星毛主席！

在雕塑广场略作停留，我们便直奔滴水洞。滴水洞原本是一个三面环山，一面以一小山涧作为出口的狭窄谷地，由于谷深清幽，犹似一洞，山上有泉水从岩石滴下，故称"滴水洞"。

这里竹木繁茂，山坡上的杉树和松柏郁郁葱葱，山不高而幽，林不深而静，又有溪流汇成山涧，在身旁流过，汇入山下的韶山水库。1959 年 6 月，毛泽东主席回韶山时曾说："我老了，将来退休了，回来盖个茅屋住。"于是，1960 年，寂静的滴水洞喧闹起来了，一栋栋别墅矗立于山间。两年后，这里又新增了防震室。1966 年 6 月，毛泽东最后一次回到韶山，就在此处居住办公。关于这段短暂、安静的生活，他在给江青的一封信中这样写道："自从 6 月 15 日离开武林（注：杭州的别称）以后，在西方的一个山洞（注：指韶山滴水洞）里住了十几天，消息不大灵通。28 日来到白云黄鹤的地方（注：指武汉），已有十天了，每天看材料，都是很有兴味的。"

　　最后一次，毛泽东在滴水洞不过逗留了十余天，对外是绝对保密的。那时候"文化大革命"波澜渐起，外面的世界并不像滴水洞一样平静安宁。毛泽东避居这里不仅仅是为了享受滴水洞的清幽，或许更是为了在一个清静的环境中思索一些复杂的、沉重的问题。在这段清净的日子里，且不说他最后做出了怎样的决定，可以想见的是他的思想冲突会是怎样的激烈，心态又会是怎样的复杂。当时相守相望的，唯有静静的韶山和无言的玉兰树了。多年前的那个身影，是不是也会在苦苦思索、深夜无眠的时候，推窗望月，"栏杆拍遍，无人会，登临意"呢？

  由滴水洞折返时，我来到了毛泽东幼年时的居住地。毛泽东故居是一座泥砖的平房，是南方常见的普普通通的农家住房，一切都显得那样的朴实。但就是在这样一个朴实的地方，诞生了伟大的毛主席，人们把这块地誉为"红太阳升起的地方"。当我们参观完故居，走出门外时，展现在眼前的是满眼绿色，大自然的气息使我们心旷神怡，让我们领略到"圣地"的灵气和岁月的记忆。伟大领袖毛泽东主席虽然已远逝，但他的丰功伟绩永存，他的音容笑貌永远留在我们心中。

  我随后又来到毛泽东纪念馆，参观"毛泽东生平业绩展览"，听讲解员介绍了毛泽东从立志救国、探求真理到改造中国与世界的辉煌人生历程，以及毛泽东思想科学体系的形成。"毛泽东同志遗物展"中，主席使用过的大量遗物，仿佛在细说着领袖八十三载春秋的工作和生活。既有反奢倡俭，清廉如水，又有雅情逸致，坦荡襟怀。"毛泽东同志的革命家庭"就是一本革命教科书，毛主席一家为中国的解放事业先后牺牲了6位亲人，他们的英雄事迹就如主席诗词中所说："为有牺牲多壮志，敢教日月换新天。"

  离开韶山时，我情不自禁回头一看，看到那魁伟的身影依旧挺立在山坳的出口处，握着书卷，微昂着头，如铁的衣袂在午后的阳光中泛着柔和的光泽。当回首此行时,那凝缩在铜像上的昂首笑傲的书生意气让人印象深刻,深刻得足以使记忆中的所有历史知识黯然失色。

韶山之行虽然短暂,但一路追寻着伟人的足迹,感受着这个孕育了伟人智慧和风采的地方,感怀着伟人的丰功伟绩和留给我们的宝贵精神财富——牺牲,奋斗,奉献,心潮澎湃。毛主席成为党的主席,一不是自封的,二不是世袭的,三不是禅让的,是在艰苦卓绝的革命斗争中逐步成就了他的领袖地位。他从不想自立为王,即使是在革命最艰苦的时候,他也始终和党在一起。他也崇拜过别人,甚至服从过别人的错误领导。只是他后来发现王明、李立三等人都无法承担民族大任时,才明白必须由他自己去进行艰苦的探索。毛主席全心全意为人民服务的博大胸怀和艰苦奋斗、严于律己的高尚情操,为祖国富强、人民幸福所做的巨大努力和牺牲,都将为热爱祖国的炎黄子孙所铭记。

**2006 年 9 月**

# 圣 地 延 安

　　延安,从记事那天起,它就是我心中的圣地! 几十年来,我一直梦想去延安,今天,我终于如愿以偿了!

　　2008 年初春,我们从寿县出发,经过近一天的颠簸,天刚黑时终于到达了这个令我心驰神往的地方——延安。虽然早知道延安没有秀丽风光,也明白她还不富裕,但延安所特有的历史文化和红色底蕴还是强烈地吸引着我,让我时时怀揣着奔赴延安、感受延安的精神冲动。

　　旅行社安排的行程有参观王家坪、杨家岭等,居然没安排登宝塔山,只能远眺宝塔山。好不容易来趟延安,不登宝塔山那岂不白来了! 所以,第二天凌晨 4 点,同伴们还在睡梦中,我便早早起来,准备独自攀登宝塔山。出了宾馆大门,天还没亮。我一口气走了两三公里,也没摸到上山的路,大街上空荡荡的,问路都找不到一个人！正在我一筹莫展之时,一个早点店开门了,我像找到救星一样跑到早点店门前,店老板热情地告诉我,沿着延河一路向东走就可到宝塔山了。当我路过宝塔山区政府大门时,心想,这下子路该走对了,于是便加快了步伐。走了二十几分钟,终于到了宝塔山公园大门。早晨公园不收门票,我顺利进了园门。一位晨练的老人告诉我,公园内有两条登山的路,一条是台阶,一条是盘山道,我选择了台阶。不到 10 分钟的时间,我便登上了山顶。多少年来,只在电视电影里看到过巍峨的宝塔,今天零距离地接触宝塔,还是有些兴奋,有些激动！站在山顶上,看着晨曦中的延安,我心潮起伏,感慨万千！

延安之魂,不老之魂,延安是一曲高歌！提到延安,大多数人想到的可能都是"壮"。气壮山河的歌曲、气壮山河的年代！回首那段峥嵘岁月,无论什么时候都能让我们感到激情澎湃、热血沸腾。我们知道越是条件艰苦越要心态积极,我们知道最卓绝的胜利需要最艰苦的奠基,我们知道狂风暴雨只不过是风和日丽的前提。延安总有太多的精神需要传承,延安之歌,唱过光荣的岁月,唱在发展的今天,唱向辉煌的未来。

　　从宝塔山上下来，我便加入了旅行社安排的行程之中，我们先后参观走访了延安革命历史纪念馆、王家坪、杨家岭、枣园革命遗址。看到一件件珍贵的革命文物，见证了一段段艰苦卓绝的历史，心中充满了对伟人和先烈们的崇敬之情！

　　在八路军总司令部住址，王家坪的毛泽东故居前，讲解员为我们讲述了毛泽东与其爱子毛岸英的故事，听后让人感动，给人启示。在毛岸英的同龄人中，有他那样曲折经历的非常少见。他先后流浪、留学、在东欧参战，并在国内学农，参加土改，到工厂当干部，参加志愿军，最后牺牲在美军投下的燃烧弹形成的火海中。在革命改变旧制度的急风暴雨中，做到这一点也许多少容易些，进入和平建设年代，则难而又难。中国共产党第一代领导人的红色后代中，毛岸英是光辉的榜样。在有着千年封建血统观念的中华大地上，毛岸英走过的人生道路格外令人敬佩。因为这是真正的共产主义平等观教育的结果，也是对旧传统观念的有力冲击。多少年后，人们讲起"毛泽东的儿子上前线"还不胜感慨，也是因为这个原因。这种领袖带头奉献的精神，也是新中国强大力量的重要源泉。想一想，当今少数飞扬跋扈的"官二代""富二代"，如果让他们与毛岸英比比，会不会脸红呢！

　　在枣园，我们参观了毛泽东、周恩来等重要领导人的故居，那一间间朴素的窑洞,窑洞里简陋的陈设,院子里普通的石桌,都给我留下了深刻的印象。我们的伟大领袖们就是在这样阴暗潮湿的窑洞里废寝忘食,完成了一项项伟大的历史使命。美国记者斯特朗在她的访问记录中曾写道:"党的负责干部住着寒冷的窑洞,凭借着微弱的灯光,长时间地工作。那里没有讲究的陈设,很少物质享受。"

延安是一种指引。21世纪的今天,我们都在为了中华民族的伟大复兴而努力,我们需要延安精神的支持,在延安精神的指引下,向着正确的方向,坚定不移地前进。社会主义的道路还很漫长,但是,有了延安这座灯塔,我们不会畏惧!

21世纪是一个世界高速发展的世纪,为了中国更好地屹立于世界之林,为了让这个几千年的文明古国重新绽放光彩,我们会握着不老的延安之魂,努力奋斗,坚定地上路,21世纪,让世界见证中国的辉煌。

一天的延安之行很快结束了,傍晚,我伫立在延河边,仰望宝塔山,心中不禁回响起那首"滚滚延河水,巍巍宝塔山"的雄壮歌曲!但遗憾的是,延河已没有了滔滔的河水,但好在宝塔山上的宝塔依然巍峨耸立!

2008年3月26日

# 新 疆 两 日

　　早在童年,就听说新疆有世界屋脊帕米尔高原,还有世界最低的地方吐鲁番,有全世界离海最远的地方,有全中国最热的地方,有全中国最冷的地方,还有中国最大的沙漠。当然,新疆还有最美的高原、湖泊、雪山,以及独特的民族风情,所有这些都是让我对新疆向往已久的缘由!

　　2008 年春天,我带着神秘、带着梦想来到了让我向往了 40 多年的新疆。到新疆的第一感觉就是时差,我们是晚上 11 点多钟到的乌鲁木齐,大街上的所有店铺还热闹非凡。到宾馆后一觉睡到第二天 6 点钟醒了,看外面还是漆黑一团,只能躺着和同伴聊天。早餐后,8 点半带着行李上车出发时天才蒙蒙亮。出城上高速公路一直往北,我们游览的第一个景点是天山和天池。路好车好,窗外的景色也好,城市、绿洲、半荒漠、戈壁,这几个概念没过多久就被辨别得清清楚楚。乌鲁木齐在古代就是块绿洲,由于屯垦和商贸的需要,逐步发展为一个城市。乌鲁木齐市北面的米泉就是一片绿洲,是新疆重要的粮食产地。汽车很快就下高速驶上了进山公路,能感觉到汽车是在一路上坡,车窗外吹进来的风也在逐渐变凉。前边远处的山脉、雪峰离我们越来越近,导游说那就是天山。这就是让我产生过无限遐思的天山,也许正是因为遥不可及,才给了我无限的想象空间。天山东西长约3500公里,新疆境内部分就长达1700公里。天山并不是新疆最高的山,却是最能代表新疆的山。春天的天山,在蓝天白云以及雪山草原的衬托下,缤纷的野花格外灿烂。路旁一条清亮的溪流奔腾而下,小溪两岸成荫的绿树给天山增添了一丝丝静谧,清亮碧绿的溪水不时激起白色的浪花,一股清新愉快的气息扑面而来,这是来自天池的水。

汽车直接开到天山的停车场,下了车我们徒步向天池攀去。天池分为大天池和小天池,导游说大天池是王母娘娘的洗澡盆,而小天池则是王母娘娘的洗脚盆。天池处于海拔1910米的天山博格达峰山腰,是一个面积约5平方公里的狭长形湖泊。由于我们来时是早春时节,整个天池还被冰封着,看上去就是一个大的滑冰场。我好像一点也没有预料之中的激动,只是感觉它是一个遥远的,被群山和雪峰环抱的高山湖泊。但同行的伙伴们却显得异常激动!纵然导游再三提醒说现在冰层已经开始融化,上去要小心,但伙伴们已全然不顾这些了,他们蜂拥而上,一口气跑到湖中心,想实地感受一下冰上戏耍的乐趣!同行的张君干脆脱下上衣,光着上身让伙伴们为他拍照,此举引来导游姑娘小马青睐的目光!看完大天池我们便跟着导游往山下走,顺路看了一下王母娘娘的洗脚盆——小天池,而后便下山了。第一天的行程也就这样结束了,回到宾馆总有一种意犹未尽的感觉!

第二天用完早餐,我们便乘车去吐鲁番。从乌鲁木齐到吐鲁番必经达坂城。王洛宾的马车夫之恋炒热了达坂城姑娘的"身价",但当我们车览达坂城时,怎么也看不出个城的样子来,不过达坂城的风力发电站恐怕是该城最美的一道风景了!

大约坐了有 5 个小时的车,我们到达了吐鲁番。从吐鲁番市区到沙漠植物园,再到坎儿井,真正能让人难以忘怀的只有坎儿井!坎儿井与万里长城、京杭大运河并称为中国古代三大工程。吐鲁番的坎儿井有近千条,全长约5000公里。坎儿井的结构,大体上是由竖井、地下渠道、地面渠道和"涝坝"(小型蓄水池)四部分组成。吐鲁番盆地北部的博格达山和西部的喀拉乌成山,春夏时节有大量积雪和雨水流下山谷,潜入戈壁滩下。人们利用山的坡度,巧妙地创造了坎儿井,引地下潜流灌溉农田。坎儿井不因炎热、狂风而使水分大量蒸发,因而流量稳定,保证了自流灌溉。坎儿井,早在《史记》中便有记载,时称"井渠"。吐鲁番现存的坎儿井,多为清代以来陆续修建。对坎儿井的来源,现在有很多种说法,但可以肯定的一点,它是古代劳动人民生存于高温、干旱环境下的一种智慧创造。它无须动力提灌,又不怕高温蒸发,四季长流,冬暖夏凉。可以说,有了坎儿井,才有了吐鲁番瓜甜果香、棉海麦浪的美丽绿洲风光。

　　游完了吐鲁番,也就结束了我们的新疆之旅。未来得及在吐鲁番市休息,当晚我们便乘夜间的火车赶往我们此行的第二个目的地——甘肃的柳园。向往了 40 年,只停留了短暂的两天,当晚我带着深深的遗憾离开了新疆!

2008 年 3 月

# 心中的敦煌

　　2008 年的五一长假,我邀约了几个好友随旅游团来到敦煌。敦煌这个古老的沙洲小城,多少年来,以它的神秘、悠久、厚重和曾经的辉煌,让多少人心驰神往。

　　也许,你知道敦煌,但是你不一定知道关于敦煌的历史;也许,你欣赏过敦煌壁画,但是不一定知道壁画背后的故事。

　　敦煌是一个怎样的地方? 单是这个名字,就足以令人遐想无限了。敦者,大也;煌者,盛也。没去过的人,会把它想象成备受历史宠爱的地方。玄奘从这里出玉门关向着西方天竺而去,这里曾是莲花盛开的佛国,也是古丝绸之路的咽喉——河西走廊上最为繁盛的城市。自张骞凿通西域以来,商队的驼铃声便在这片大漠中回响了千年！正是这些神话般的历史故事,才让我坚定否决了朋友们的其他旅游路线,义无反顾地选择了敦煌!

到敦煌的第一天已是下午 2 点多了,因此,旅行社只安排了一个景点:莫高窟。敦煌的莫高窟,被誉为 20 世纪最有价值的文化发现、"东方卢浮宫"。莫高窟以精美的壁画和塑像闻名于世,1987 年 12 月被列入《世界遗产名录》。

关于莫高窟名称的由来,有三种解释:一是莫高窟修造在鸣沙山东麓的崖壁上,周围是大沙漠,其地形比敦煌绿洲高近百米,古汉语中沙漠的"漠"与莫高窟的"莫"是可以通用的,所以在沙漠高处开凿的石窟便称漠高窟,后来演变为莫高窟;二是在古代敦煌,鸣沙山又被称为漠高山,山下有漠高乡,千佛洞在漠高山下,属漠高乡的管辖范围,因此,名称便由漠高山、漠高乡演变而来;三是音译的结果,"莫高"在梵文里有解脱之含义,莫高窟由此得名。莫高窟石窟艺术中数量最大、内容最丰富的部分是壁画,最广泛的题材是尊像画,即人们供奉的各种佛、菩萨、天王及其说法相和佛经故事画。

徜徉在莫高窟,行走于洞窟之间,我无暇顾及路人,总感觉这边是另一个世界,一个佛国净土,一个沙漠奇迹,一个大漠幻象。敦煌,多么盛大辉煌的名字,它的辉煌都深埋在黄沙戈壁之中。只因它的历史,只因它的虔诚,让我的记忆和灵魂似乎留在了这里,留在了这诉说着文明和苦难、闪耀着佛光和智慧的戈壁中!

第二天,团里安排的行程是一早去鸣沙山观日出。在下雨概率不到千分之一的敦煌,只要早起,就可以观赏到那辉煌的一刻。早晨 5 时,我们均已起床。5 时 30 分旅游大巴准时出发。刚过 6 点,我们已赶到鸣沙山脚下。导游为我们买好了包含骑骆驼费用的门票。由于是第一次骑骆驼,我们都带着几分焦虑和不安骑上了骆驼。从骑上骆驼背开始行走至观日出的鸣沙山脚下,约半小时的时间里,我竟然慢慢找到了骑行骆驼的感觉,不光不再焦虑会掉下来,而且有了惬意的快感。长长的骆驼队伍,费力地登上沙丘之顶,只见东方天边的云彩渐渐地由灰暗变成粉红,再由粉红转成橙红,并逐渐地放射出通天的光芒来,终于红日露出了一丝边缘,光芒瞬间照亮了我们所在的沙丘、山脉。我赶紧用相机拍下晨曦中的沙漠、天空、月牙泉、绿洲的独特奇观。

鸣沙山、月牙泉,活生生的就是一个沙海敦煌的微缩版。从鸣沙山下来,我们下了骆驼,直奔月牙泉。月牙泉,被鸣沙山环抱,因水面酷似一弯新月而得名。月牙泉南北长近 100 米,东西宽约 25 米,泉水东深西浅,最深处约 5 米,弯曲如新月,因而得名,有"沙漠第一泉"之称。月牙泉有四奇:月牙之形千古如旧,恶境之地清流成泉,沙山之中不淹于沙,古潭老鱼食之不老。导游介绍说,在清朗干爽的风天,傍晚时分,在山脚下能听见沙子呜呜的鸣响。伴着月牙泉汩汩的水声,这鸣沙山就是沙漠中的音乐之城。

来到月牙泉我才知道,原来水来土掩这个古理,也有例外。被茫茫黄沙包围得透不过气来的一湾清泉,在这里和黄沙相生相伴、互为映衬了1000多年。在这里,你根本不用怀疑,沙,是浩大的,那放眼望去绵延天际的黄尘,只差一阵风,就可将整座敦煌城——更别说一湾泉,湮没埋葬;水,却是渺小的,不足4亩的水域,别说是堆在四周浩大的沙,就是每天东升西落的日头加上干旱,足可以在数日内让它干涸。风,时时在刮;日,天天暴晒,历经千古,却无法抹去那微不足道的一点绿。行走在月牙泉边,还有一种胆战心惊的感觉。身在其中,不敢高声语,走得蹑手蹑脚,玩得小心谨慎,生怕动作太过放肆,惊崩月牙泉上的鸣沙山,滚滚而下的黄沙,会将那月牙泉吞没。

下午旅行社为我们安排的景点是玉门关。玉门关,始置于汉武帝开通西域道路、设置河西四郡之时,因西域输入玉石时取道于此而得名。说起玉门关,大家马上会想到一首脍炙人口的唐诗,这就是王之涣的《凉州词》:"羌笛何须怨杨柳,春风不度玉门关。"诗中那悲壮苍凉的情绪,引发我们对这座古老关塞的向往! 但到了玉门关,真的非常失望! 现在的玉门关只剩下一个土质的大方块了。看着眼前的玉门关,一种难以言表的心情在我心底升起。1500 多年前,这里曾是多么繁荣与重要啊! 可是时间流逝,曾经的景象早已不见! 我心里老想:与其看到这样的结果,还不如不来呢!

从玉门关回到敦煌时,天色已晚,一路上不时惊叹于敦煌市政建设中具有的浓厚文化气息。无论是马路中间的敦煌飞天雕塑、夜市中古色古香的木结构摊位,还是沿路铺设的敦煌文化传承的雕像地砖,无不向国内外游客诉说着敦煌的辉煌、沿革。历史上,张骞曾两次出使西域,为西汉平定匈奴之乱,开拓古老文明的丝绸之路,被永久载入了史册。唐玄奘的西天取经,为传承佛教文化,同样成为敦煌历史上浓重的一笔。敦煌地处青海、甘肃、新疆三省交界,因曾经的辉煌和博大精深的文化内涵而闻名于世。期待明天的酒泉行程能将历史知识与现实景观最大程度地结合起来。

2008 年 5 月 2 日

# 重 上 庐 山

　　1997年秋，我第一次登上庐山。当时正值秋雨连绵，虽然在庐山只有半天的时间，但由于当时的我刚届而立之年，对什么兴趣都极大，加上是几个好友集体游玩庐山，所以我们在山峰峡谷间、云雾乱石旁嬉戏欢闹、上蹿下跳。毕竟只有半天时间，一路上我们都是疾步前行，看景致如蜻蜓点水。龙首崖没去，三叠泉也没看到在哪里！所以庐山给我的印象，很平常！既没有体会到"横看成岭侧成峰，远近高低各不同"的秀美，也没有感受到"飞流直下三千尺，疑是银河落九天"的壮观，更没有领悟到毛主席他老人家那"乱石飞渡仍从容"的大气磅礴。还没下山，我就开始埋怨同伴了！

时隔 12 年后的今天我又重上庐山！这次，虽然是跟着旅游团队，但团员都是我们本单位的同事，所以，一到庐山我就告诫自己，这次再不做匆匆过客，不管导游怎么安排，我要随自己的节奏，慢慢品味久违的庐山。

我们乘坐的大巴车沿着盘山弯道缓缓前行。路上，导游给我们讲述了一个看似平常，但十分发人深思的故事。导游介绍说，原来上庐山是没有可开车的道路的，1955 年毛主席第一次来到庐山脚下，当时他老人家十分想上庐山，但由于山道崎岖，时届六旬的他很难攀越，当地的领导给毛主席找来轿夫，想把主席抬上山去，但遭到了主席的断然拒绝！毛主席说，我是人民的公仆，哪有主人抬着仆人的道理？听罢导游的介绍，我不禁感慨万千，功高盖世的一代伟人竟是如此的虚怀若谷，如此的谦虚谨慎！而当今一些政客，小官不大，却飞扬跋扈，盛气凌人，不知这些人听到这个故事是否会脸红！

此次重登庐山，我有三大愿望：一是想在牯岭镇上住一夜；二是想登上含鄱口，远眺一下烟波浩瀚的鄱阳湖；三是一睹三叠泉那"飞流直下三千尺"的壮观。

导游为我们安排的第一个景点是三宝树，位于黄龙寺旧址附近。这里浓荫蔽日，绿浪连天，有三棵引人注目的参天古树，凌空耸立在松杉碧绕、岚烟环抱的谷壑之中。其中两棵是柳杉，一棵是银杏。柳杉树高40余米，主干数人挽臂合抱不拢，叶茂干直，形似宝塔，故称"宝树"。导游告诉我们，银杏是佛教瑞祥的象征，在佛教词典中亦称"宝树"，所以人们就把这三株古树统称为"三宝树"。这三棵大树还是确有特色的，但第二个景点黄龙泉实在没有什么独特之处。午饭之后，我们先是经过了龙首崖，又登上了海拔1286米的含鄱口。站在含鄱岭上远眺对面的汉阳峰，我似乎悟出了什么，经导游一点拨，才恍然大悟！原来含鄱岭和对面的汉阳峰之间形成一个巨大豁口，大有一口汲尽山麓的鄱阳湖水之势，故得名"含鄱口"。含鄱岭上有一座雕梁画栋的方形楼台，这就是庐山观日出的胜地望鄱亭。登上望鄱亭眺望五老峰，导游问我们五老峰看上去像不像毛泽东的头像，大家一起往远处看，仔细看还真的有点像毛主席的头像。遗憾的是，遇上雾天，远眺鄱阳湖只是雾蒙蒙的一片，什么也看不清！经过一番跋涉，登上五老峰时我们都已筋疲力尽了！但当我站在五老峰上向下一看，顿时所有的疲惫荡然无存！远眺山下危岩削立，层崖断壁，天高地回，万仞无倚。蜿蜒起伏的峰峦，有的挺立如竿，有的壁立如屏，有的蹲踞如兽，有的飞舞如鸟，山势此起彼伏，犹如大海汹涌波涛。极目眺望，远处的城郭川原宛如盘中玉雕！站在此处，我才真正感悟到苏东坡笔下"横看成岭侧成峰，远近高低各不同"的秀美和毛主席他老人家"乱石飞渡仍从容"的大气磅礴！

　　晚上夜宿牯岭镇，本来想站在牯岭镇上看看九江夜景的，但偏偏遇上大风，刮得灰蒙蒙一片，啥也看不见！好在第二天我们参观了曾被称为"禁苑"，很难一睹的"美庐"以及庐山会议纪念馆。尤其在庐山会议纪念馆里，我们看到了当年许多珍贵的实物、照片、材料和根据纪录片制作的录像片，遗憾的心情总算得到了一点弥补！

　　这次上庐山，虽然比12前登庐山时间要充裕得多，但还是留有缺憾的。虽然登上了含鄱口，但由于雾大，还是没有看见鄱阳湖；由于风大，三叠泉仍然没有去成……10多年前的遗憾看来还要延续下去，也许是给我再上庐山找个理由吧！

2009 年 2 月

# 旅 日 札 记

## 一、初识日本

今年初夏,我因公被派往日本进行为期 40 天的培训。6 月初的一天,我与省卫生厅农卫处的马主任一起从上海浦东国际机场登上全日空 NH156 号航班。

第一次走出国门,心里按捺不住激动,但同时又有几分隐隐的、说不出口的焦虑和不安!毕竟对外国的情况一无所知,加之我的外语水平为"零",迈出国门后生怕走丢了。好在与我同行的马主任外语水平很好,这又让我平添了几分踏实。日本,多少年了,它在我心目中始终是一个很矛盾,甚至是有一点敌视的国度。百年之恨,国耻家仇,挥之不去,刻骨铭心。今天要去踏访这样一个国度,是欣赏还是审视,我带着这样的疑惑和困扰,踏上了东去航班。

飞机缓缓滑向跑道,迅速加速飞向蓝天。我的心随着起飞的飞机一起飞向大洋对岸——真不知对岸的世界是个什么模样!不一会儿,飞机就穿越云海,平稳地飞行在预定高度。临窗远眺,浩瀚的东海煞是碧绿,阳光下点点白浪涟漪泛起,不时偶有小岛像一座座小山一样掠过。在与同行的马君谈笑之间,空姐就广播通知我们:飞机即将抵达大阪关西机场了。

当地时间下午 3 点左右,飞机徐徐降落在大阪关西机场。走出机舱,出口处的迎宾小姐一句"空妮西娃",让我顿时产生一种身在他邦的感受。还未出关就遇到了尴尬,验关的女警察指着我的护照连声说"No,No",接着是一串英语。我和她比画了半天也没搞清楚她说的是什么意思。还是同行的中国人告诉我要填写一张入境卡才能出关。我急忙找来一张入境卡草草填好递了过去,但验关的女警又给递了出来,就这样我递过去,她递出来,弄了半天。我下意识地用手堵住窗口,女警急了,站起来连声说"No,No"。我也急了,大声对她说:"你的,我的英格力西的不会。"她好像也听不懂我说什么,我俩就站在那僵持着,眼看着同机抵达的旅客已全部出关,环顾四周,空空的大厅里只剩下我一个人了！唰地一下,我的汗就出来了。我掏出电话想与马君联系,电话里嘟嘟的声音让我意识到:到了异国手机不能用了。就在我急得团团转的时候,与我同行的马君返回来了。马君一看我的入境卡就笑了,原来我是用汉字填写的,人家要求用英文填写。马君很快用英文为我填好了入境卡,交给验关的警察,这位女警官对我们嫣然一笑,说了声:"OK！"我总算过关了。

走出机场,我感觉轻松了一些。JICA 项目日本国际协力机构的迎宾人员热情地把我们引上一辆豪华大巴。汽车顺着一条沿太平洋西岸的公路疾速行驶,放眼望去,是无际的浩瀚水域与水天合一的苍茫壮阔景观！我一边感悟着太平洋的万顷波涛与海涵胸怀,一边观赏着马路内侧的日式建筑。沿路一般都是 1～2 层的居民楼,房顶是铁灰色的机瓦,大都是"人"字形屋顶,有的是亭台式的四檐四角,墙面贴着淡灰色或土黄色的瓷砖,形成日本民房独特的建筑风格。

大约坐了一个小时的车,我们到达此次学习的第一站——JICA 大阪国际协力中心。中心接待人员耐心周全的服务,使我的情绪稍稍得到缓解。进到房间后我的第一件事就是找网线,我要马上与家里联系。虽然三天前才从家里出发,但仿佛离了很久似的,一刻也不能耽误地要与家里通话!找了半天,居然发现房间里没有网线,这下子可真的把我急坏了。刚刚得到缓和的心情马上又烦躁起来,甚至产生了要立刻回国的念头。我拉着马君一起找到了前台,马君用英语告诉他们我的要求,前台的工作人员马上为我找来了无线上网的网卡,并告诉我说这是免费的。我匆忙回到房间,插上网卡,在与家里联系上的那一瞬间,才如释重负。通讯畅通后,在感到与祖国很近的同时,也第一次感受到日本人的亲切和友好。

2007 年 6 月 3 日

## 二、JICA 中心印象

到日本后,按照预定行程,我们要在 JICA 大阪国际协力中心待上五日,其中也包括在这里参加一个简单的说明会和做一些必要的培训。

JICA 是日本作为发达国家帮助发展中国家进行相关技术培训的一个项目,来到这里进修学习的全是发展中国家各个行业的专业技术人员。第一顿晚餐,在餐厅里我们见到了近百名不同肤色的"同学"。他们热情地用英语向我们打招呼,我笨拙地用刚刚学会的几句简单的英语回应着。同行的马君调侃说："老李，不孬不孬！"虽然互不相识，但这些人都像老朋友一样，对我们十分亲切与友好。马君戏言："这里就像新式的'集中营'，真是世界各国人都全了！"

"嗨，又来了俩，咱中国人的队伍壮大了！"突然听到了一句中文，我和马君眼前一亮，不约而同地站了起来！这时三位30多岁的中年人，风风火火地走过来，紧紧地抱住我们。经介绍，他们是国家知识产权局的谢君、江西省卫生厅的毛君和山东省科技厅的郑君，他们早我们10天来到这里。能在这里见到自己的同胞，我们都格外高兴。山东的郑君拉着我们，向我们详细介绍餐卡的使用方法和就餐应该注意的事项，我顿时感到，能遇上中国人真好！

中心的伙食很贵，而且基本上是西餐，油炸品和甜食居多，对我这个农民出身的"土包子"来说，实在是无法下咽。好不容易找到一份与中国菜做法相近的牛肉饭，但一碗要1000多日元，又贵得让我吃不下去！好在江西的毛君给我送来了一瓶四川的辣椒酱，我就着辣酱，还是坚持吃了一些日本的饭菜！

JICA大阪国际协力中心里的设施是十分齐全的。学员的寝室一律是单间，房间虽然很小，但房内的配置不比星级的宾馆差多少。中心内有图书室、游泳池、健身房、歌厅等。晚上我与马君打完篮球后，来到歌厅，只见不同肤色的学员们都在狂舞高歌。虽然一句也听不懂，但能感觉到他们欢快愉悦的心情。这时一位肤色较黑的小伙子走到我面前对着我说了一声："We love Chairman Mao!（我们热爱毛主席）"我一听激动坏了！虽然我不会英语，但在我仅能听懂的几句英语中就有这一句。后来在马君的翻译下，我才知道他是个柬埔寨人，叫阿波。阿波热情地从歌单上为我们查找汉语歌曲。马君说："为国增光，咱们也唱一曲。"马君高歌了一首中国歌曲《吻别》。你还别说，马君富有磁性的声音让在场的各国先生女士赞叹不已，他们一个个竖起大拇指，连声说："Very good！"咱也不甘落后，大胆地请了一位比我高出半个头的乌克兰的女学员跳了一曲"两步"。这位女士不停地用英语与我说话，只可惜我一句也听不懂，只能不停地说："No，No，英克理西的我不会。"

JICA 中心的图书室很气派，收藏有 100 多个国家的 60 多万册图书。每天这里是人最多的地方，却又是最安静的地方。一眼望去，阅览台前坐满了不同肤色的人，大家都在如饥似渴地阅读着各种书籍，没有一点声音，静得落针可闻！这种学习的氛围是在国内很少见到的！

JICA中心给我印象最深的，第一是这些学员的服饰，不同国家来的学员都身着不同的服装。最明显的要数阿拉伯国家的学员，他们个个身着长袍，头戴白布头巾，似乎是有意向人们展示着他们的民族特色。我对马君说，我们来时就该带一套中山装。马君哈哈大笑："恐怕全中国都买不到中山装了！"我心头一沉，马君说的可能是实话，现在是没见到有卖中山装的，但民族自己的东西难道不需要保留吗？看看这些长袍和白头巾，你就不难发现在他们的身后站着一个独立而自尊的民族！

第二就是中心的工作人员。他们一个个训练有素，每人都能用几种语言与学员简单对话。无论是在走廊上、餐厅里，还是在电梯间，只要与你碰面，他们都会向你深深地鞠上一躬，道一声："空妮西娃！"（你好）送来迎往、点头、弯腰、致谢，简单机械的动作一天不知道要重复多少遍，却始终是那么一丝不苟，让你真切地感受到自己来到了一个礼仪之邦。真的无法想象，这样一个如此谦恭的民族，在二战期间怎么会丧心病狂地做出许多灭绝人性的事来！

**2007 年 6 月 2 日**

## 三、大阪见闻

大阪是日本的第二大城市、第二大港口,是关西地区的"海陆空"门户。市内河道纵横,水域面积占城市面积的 1/10 以上,河上 1400 多座造型别致的大小桥梁将整个市区连为一体,河流如织,桥梁似虹,因而有"水都"和"千桥之都"的美誉。

我最初对大阪的印象,仅仅停留在它是日本著名文学家川端康成的故乡,是培育了诺贝尔文学家的沃土。今天,终于有机会可以跟大阪亲密接触了。我们入住的 JICA 大阪国际协力中心位于大阪府辖的茨木市。从茨木出发,要坐 20 分钟的汽车再换乘市内火车才能到大阪的市中心。6 月 3 日一早,我们约上山东来的郑君,郑君又带上了两位外国朋友,一位是柬埔寨的阿波,另一位是缅甸的朋友。郑君说,这叫第三世界人民团结紧。我们一行五人决定花一整天的时间去大阪好好逛逛。

虽说大阪是日本的第二大城市,但给我的感觉比我们省城合肥也繁华不了多少,更不能和我们国家的北京、上海比了!无论是大阪最繁华的梅田区,还是政治中心的中央区,从街道的硬件建设到楼房的气派,都不及咱们中国的一些城市。但有一点是我们国内城市所不及的,那就是环境卫生和交通秩序。大阪的街道上一尘不染,两边的建筑物窗明几净。马路上看不到一根烟蒂、一块痰迹,更别说垃圾纸屑了。行人没有一个闯红灯的,上至八十老人下到几岁幼童,都秩序井然地站在路边等待着绿灯信号。我们不由得对日本的国民素质发出一致的赞叹!

游大阪,大阪城是必看的景点之一。据介绍,日本古代名将丰臣秀吉将军在1583年调集了3万民工,花费了3年时间,在用巨石堆砌的长12公里的高大坚固的城墙里,修筑了宏伟华丽的宫殿和式样别致的房舍,有护城河和城墙。城内的天守阁,高56米,为5层9重建筑。但1615年,大阪城在一次夏季战火中毁于一旦。现存的大阪城为1931年由民间集资重建,里面是大阪的历史博物馆。外观5层,内部8层,54.8米,7层以下为资料馆,8层为瞭望台。站在瞭望台上,气势雄伟的大阪城和大阪街景一览无余。大阪城内有上万株梅树和樱树,城中繁花似锦,万紫千红。只是我们来时已错过樱花开放季节,无缘一睹满城樱花的壮观景象。

金碧辉煌的天守阁是大阪城内主体建筑,巍峨宏伟,镶铜镀金,十分壮观。整个城堡面南而建,巍峨、秀丽的天守阁屹立在城堡的中央,碧瓦白墙,雕梁飞檐,斗拱绮户,金碧辉煌。遗憾的是,这里的所有建筑都让人一眼便看出是现代的东西,缺少点古色古香！但室内陈列的丰臣秀吉等日本古代名人书法还是深深吸引了我们。尤其是丰臣秀吉的书法，刚劲有力，横平竖直，颇有我国古代唐宋书法之遗风！单从这些纯汉字的书法就能看出日本文化与汉文化的历史渊源。

大阪有购物天堂之称。虽然之前我们三个中国人戏言约定在先：坚决抵制日货，不买日本的东西。但山东的郑君最终还是没有抵挡住日货的诱惑，选购了一台数码相机和一套日本资生堂的化妆品。他不光买了东西，还振振有词地说："不能拒绝文明！"我为他打圆场说道："姑且算是一个纪念，也算是面向未来吧！"

2007 年 6 月 3 日

## 四、京都寻古

京都是日本文化的发源地，也是日本的千年古都，好似我国的西安。要了解日本，京都是活着的历史。所以到日本的第三天，我与同行的马君和山东的郑君便一起踏上去京都的火车。坐上车，我便贪婪地欣赏着外面的风景。从大阪到京都看似连绵不绝的城市地带，都是住宅、工业区和商业区，其实细看一下，这中间很多地方还是农村，时而能看到在田间耕作的农民。只是日本的城市与农村的差别不大，农民居住的都是清一色的二层小楼，单宅私院，房屋的造型很像我省的西递和宏村的建筑风格，古朴而典雅。我认真观察了沿途的农田，田块都十分整洁，大约有 3 米宽的沥青路通到了每一个田头。难怪都说日本是全世界城乡一体化程度最高的国家。

京都的火车站不大，但特别干净，站前广场的设计风格雅致，地面全是用紫色的地板砖镶砌而成，马君不停地赞叹说比我们家里的地板都亮。当我们走在京都的街道上时，总有似曾相识的感觉！感觉跟中国的西安、苏州有些接近，她的古老韵味像西安，隽美秀丽像苏州，所见沿街建筑类似我国唐、宋风格的亭台、楼阁。说来也有趣，我们中国没有保留下来的唐宋建筑风格，日本人帮我们比较完整地继承下来了。像清水寺，就是我国唐代著名僧人鉴真大师 1000 年前东渡扶桑传道解惑时留下的佳作。

京都果然是充满古风，一路上看到许多寺庙和神社，日本有一说：大阪八百桥，京都八百寺。而且京都的建筑都不高，据说是为了保留京都的原样，京都里不准建 10 米以上的建筑。人们都知道京都和奈良是日本仅有的两个未遭二次世界大战战火波及的城市。但很少有人知道,二次世界大战的后期,当日本侵略者节节败退,盟军即将要全面占领日本各大城市的时候,正是中国学者梁思成先生奋笔直书,向当时的太平洋盟军司令麦克阿瑟将军进言,要求盟军在占领京都、奈良时要好好保护这两座日本千年古都的建筑,这才使它们免于战火。而在此之前,日本军国主义侵略者的铁蹄踏破了我中华大地,践踏和摧毁了我多少中华文化和名胜古迹,惨绝人寰地杀戮了我多少中华儿女,然而在这样一种刻骨铭心的时刻,我们可爱的学者却能以如此博大的胸怀为人类,也为日本人民留下了他们引以为豪的民族建筑。

到京都后,我们首先观看了和服表演。听起来名气很大,但真来到跟前观看,这和服表演实在没多大意思,就是几个日本的年轻妇女穿着和服走秀。我们每人与身着和服的日本歌伎合了一张影就匆忙离开了。

走完两条古色古香的街道,我们便乘车赶往金阁寺。金阁寺因为舍利殿(金阁)特别有名,故被称为金阁寺。而它真正的名称叫鹿苑寺,是临济宗相国寺派的禅寺。1994 年被联合国教科文组织批准为世界文化遗产。金阁寺美得让人感觉得有点不真实,整座寺阁全部用金箔贴饰,共有三层,最顶上飞舞着一只金凤凰,真正是金碧辉煌,倒映在前面的镜湖里,如临仙境,让人过目不忘。更让我觉得不真实的是,我们走到它后面的时候,看到有一只仙鹤飞到镜湖的小岛上,停在那里,站成一幅绝美的仙画。

从金阁寺出来,我们直奔银阁寺。如果说金阁寺是大家闺秀的话,银阁寺更像是小家碧玉了。因为只有 20 分钟左右的时间,我们浮光掠影地欣赏了一下银阁寺,所到之处给人的感觉是收敛的、谨慎的美。连那只坐落在楼顶上的孔雀像也不似金阁寺顶上的凤凰那般金碧辉煌,而是黑漆漆的了。

看完银阁寺,天色已晚,虽然还有很多景点没有去,但时间却不允许我们再逗留下去了。我们匆匆忙忙赶到火车站,带着一天的收获和遗憾登上了回大阪的火车。

2007 年 6 月 4 日

## 五、就学高知

按照事先安排,我和省卫生厅的马君要到高知县学习四周。日本县的建制相当于我国的省,所以高知县和安徽省是友好省县。每年安徽省相关部门都要派员来这里学习,我与马君这次学的是全民健康教育。6 月 5 日,我们二人在日方翻译田中德成先生的陪同下,从大阪出发乘坐日本的新干线火车前往高知。

高知县是日本东南部环太平洋的四国岛的一部分,全县四面环太平洋,有 706 公里的环太平洋海岸,气候宜人,景色优美。同时,由于高知四面环太平洋,偏离了日本本土,从而形成了独特的"土佐"文化,是日本颇具盛名的旅游胜地。

到达高知后,接待我们的是高知县健康福祉部医师确保推进室的室长——家保英隆先生。他们的健康福祉部相当于安徽省的劳动、卫生、民政三个厅的职能,室长相当于我国的处长。家保先生首先带我们拜会了健康福祉部的小田切泰祯部长,令我们感到惊讶的是,他们的两位部长居然在同一间办公室办公。整个健康福祉部的 60 多人都在一个像礼堂一样大的办公室办公,各个室长区别于一般工作人员的地方就是办公桌前有两张简易沙发。高知县厅(相当于我国的省政府)的办公楼,绝对比不上我国有些乡镇政府的办公楼气派,办公室都是大厅式的,几十人在一起办公。小田部长十分热情地接待了我们,并耐心地向我们介绍了健康福祉部的工作范围。当我和马君十分疑惑地问小田部长,高知县厅的办公楼为何如此陈旧时,小田部长连连摇头,他告诉我们:在日本是不能用税金来建造或装修政府办公场所的。全日本,除了东京都以外,所有的府、都、道、县的办公楼都不会比一般的民居好多少。

在高知，我们被安排住在紧贴着火车站的一家旅馆，宾馆的设施还比较齐全，但就是房间太小，每人一间房，仅有七八平方米，住在里面感觉十分压抑。我们提出来自己加钱，能不能换个大一点的房间。日方翻译田中先生告诉我们：个人加钱换房间可以，但要经过他们健康福祉部的部长批准。我们不明白换个房间为什么还要部长批准，更不想为这点小事惊动这么大的官，只好作罢。后来听家保先生说，在日本，省级以下的公务员出差，一律只能住像我们住的这样标准的房间。哈哈，听他这么一说，我们也满足啦！

在高知县厅，我们听了 3 天的高知县情和相关工作的介绍，于 6 月 11 日来到高知县中央保健所，在这里进行为期 20 天的实地学习。接待我们的田上所长能讲几句简单的中国话，这让我们感到几分亲切。田上所长告诉我们，他于 1977、1990 和 2006年三次去过中国，每次去中国都感受到中国变化很大。他说中国人很好客，尤其是去年去中国，他到了安徽的泾县、旌德、绩溪等地。一路上都受到了当地政府和卫生部门的热情款待，几乎每天都喝得不清醒。我兴奋地说："我们中国人虽然没有日本那么多礼仪，但很实在，很厚道，这就是我们东方文化与你们日本文化的差异。"田上所长马上纠正说:"日本文化也是东方文化。"我也无意与他争执,随便附和一句:"也能这么说吧。"

中午,田上所长说要陪我们共进午餐,马君急忙表示自己不能喝酒。日方翻译田中先生插话说:"中午不会喝酒的。"当地时间中午 12 点已过,我们还坐在会议室里,马君悄声问我:"怎么到现在也不带我们去吃饭呀?"马君话音刚落,只见保健所的一名工作人员端上来四份盒饭,分别放在我、马君、田中先生和田上所长面前。我和马君对视一笑:原来就是请我们吃盒饭呀!吃完饭后,田上所长亲自为我们倒上一杯热茶,对着田中先生嘀咕了几句。田中先生告诉我们:田上所长说了,中午的午餐很便宜,是他专门为二位定的,每人 500 元,请把钱交给他就行了。"啊,原来这盒饭还是 AA 制呀!"我和马君当时感到有些不自在,但还是交了前。

下午,保健所的一位女课长岩崎昭子,开车带我们去参观了南国市一个町(相当于我国的乡)的公立敬老院。一进敬老院,我和马君大为吃惊,这里简直就是星级宾馆! 院内住有 100 多位老人,平均年龄 86 岁,有一半以上是生活不能自理的。就是这么一个老人聚集的地方,院内无论是走廊、大厅、活动室,还是老人宿舍,都是一尘不染,十分整洁,看不到一块痰迹和一片纸屑！无论是敬老院的硬件设施，还是室内装潢，都比高知县厅的办公楼要好许多倍！

2007 年 6 月 12 日

## 六、山青水碧话高知

高知县地处日本东南十分著名的土佐湾，是四国岛的一部分。北有险峻的四国山脉，南临雄伟的太平洋，西部是阿里斯式海岸，东部则是延绵不绝的海岸和平坦的沙丘。在漱户大桥没有修好之前，高知与日本本土是割离的。1985 年，著名的漱户大桥建成，才使高知岛与日本本土连成一片。岛内"四山四水二分田"，由于水连山，山连水，山水紧连太平洋，所以高知到处都充满大自然的美！同时，高知又是日本颇具盛名的土佐文化的发祥地，每年日本国内到这里来旅游的人数一般都在 20 万以上。

（一）高知城楼看高知

高知城楼坐落在高知城堡之上，高 165 米。它始建于 1601 年，是日本国内的一级保护文物。站在城楼上，整个高知市貌尽收眼底。俯瞰高知市内大小河川纵横，依山而建的各式楼群映照在青山碧水之中。高知的高楼大厦并不多，大部分建筑是带有我国唐宋风格的木屋。再看高知市的大街，你会感到车比人多，几乎看不到什么人，都是车。车虽多，但交通秩序井然，很少见到堵车现象。日本人的私家车没有多少高档的，大都在100万日元(折合人民币6万元)以内。车流，形成了高知的另一道风景线！

(二)桂滨海岬有奇观

桂滨位于高知市的最南端，是土佐湾的突出部分，桂滨海岬是指龙王峡和龙头岬之间广阔的美丽沙滩。这里一年四季气候宜人，在桂滨的最南端，屹立着终日被太平洋波涛冲击的奇岩峻礁，在蓝色海洋的衬托下，显得格外壮观。在桂滨的四周，有坂本龙马纪念馆、坂本龙马像、土佐斗狗中心和桂滨水族馆等景点。据说，桂滨还是日本最佳的观月和赏鲸之处。日本友人向我介绍说，在这里赏鲸的历史可以追溯到1624年。现在捕鲸都十分困难，但在高知却常年有观鲸的旅游团。人们站在桂滨的奇岩峻礁上，一边可以俯瞰波澜壮阔的大洋景观，一边可以欣赏巨大的鲸鱼在洋面上戏水翻腾。遗憾的是我们到桂滨时天色已晚，只饱览了夕阳映耀下太平洋的粼粼波涛，未能观赏到鲸鱼的美丽倩影！

（三）五台山上感悟多

从高知县城内出发，坐车走了大约 30 分钟的盘山公路，我们来到了位于五台山上的高知县立牧野植物园。被誉为"日本植物之父"的牧野富太郎博士出生于高知，为了纪念这位"植物之父"在植物学方面的卓越贡献，在他去世的第二年，也就是 1958 年，高知县厅在位于高知市南的五台山上兴建了牧野植物园。植物园充分利用园区内起伏错落的自然地理条件，栽种了大量野生植物。其中与牧野先生有关的植物就有 3000 多种。这里，既有原始森林的清幽静寂，又有现代园林的花红柳绿，不同的植物把整个园区点缀得多姿多彩。这里的大部分植物都明确标注了采集地，因此，它们不仅仅是观赏和观察的对象，还被作为"活的标本"，为世界各国的植物研究提供重要的资料。但最让我感慨万千、流连忘返的还是园内的牧野文库和牧野富太郎纪念馆。馆内收藏有 100 多万册世界各国的图书，其中最多还是中国的图书。来到这里你仿佛到了一个浩繁书林！更令人吃惊的是，这里还收藏有一整套 32 本 1633 年出版的李时珍的《本草纲目》，这在国内都十分罕见的珍贵文物，在这里居然发现了！

### (四)四万十川风景异

四万十市是高知县辖的一个海岛市,又名幡多,距高知县200公里,是日本颇具盛名的风景区。我们从高知出发,坐了两个小时火车才到达四万十市。幡多保健所的铃木所长和山协次长热情接待了我们,简单相互介绍了一些情况后,山协次长便开车带我们来到四万十川河游览。四万十市就因四万十川河而得名。该河全长196公里,人称是日本的"最后清流"。沉下桥是四万十川河上特有的风景,这种桥两边没有栏杆,可以通车。田中翻译告诉我们:这些桥上之所以没有栏杆,是为了在洪水来的时候,减少对桥身的冲击。在四万十川河上有许多这样的沉下桥,其中最长的一座叫岩间桥。我们来到岩间桥时,正值中午,骄阳似火,我还是情不自禁地在大太阳底下走上桥面。桥好像要伸入对岸的人家去,一路上没看到一个人,两岸也没有现代化的建筑。四万十川河两岸都是保存完好的自然风光。在水质清澈见底的四万十川河上,独木舟、古式风帆船、船形屋等随处可见。让四万十川展现出人与自然融合的景象,也让体验到这一景象的人更加珍惜这得来不易的"最后清流"!四万十川河从山涧里流出,绕四万十市半周,又流回到大山中去,最后汇入太平洋。

（五）风狂雨急观"八仙"

六月的高知,蒙蒙细雨不断,这里的梅雨季节到来了。每年这个时候此地要盛开一种日本名花——八仙花,而且这种花在雨中更显得娇艳。6月20日这天,参观完一家智障病院后,高知县中央东保健所的岩奇昭子女士热情地邀我们去看八仙花。岩奇昭子女士亲自驾车带我们来到一条两边长满八仙花的河坝上。八仙花洁白丰满,花序大而羊丽,一朵花有八个花瓣,因此称之为八仙花。天上下着大雨,狂风吹打下的八仙花更显得婀娜多姿。岩奇昭子不无自信地对我们说:"八仙花在日本能与樱花媲美,你们中国有这样美丽的花吗?"这时我实在忍不住了,面带微笑告诉岩奇昭子女士:"我们中国栽培八仙花的时间比日本早,在明清时代建造的江南园林中就栽有八仙花。即便是20世纪初建设的现代公园和风景区也有成片栽植。"我还告诉她,"日本的八仙花再美也比不了中国的牡丹和杜鹃!"岩奇昭子和田中翻译听后都是一脸的不悦!

**2007 年 6 月于日本高知**

# 旅 美 札 记

## 一、出发前的激动

2010 年 11 月 21 日,省卫生厅组织的赴美培训团开始集中培训,我有幸成为其中一员。省政府外事办、省外专局、省卫生厅的领导分别为我们讲了课。晚上,省卫生厅的 3 位厅长为我们 16 人的团队举行了欢送宴会,席间 3 位厅长反复叮嘱:一定要珍惜这次赴美学习的机会,取回"真经"。同时要求我们全体队员一定要严守外事纪律,维护中国人的形象!

第二天就要远渡重洋,而且是去充满着梦幻和传奇色彩的美国,说不激动,那是假话。多年来,我一直梦想能去美国看看,但仅仅只是想想而已,总觉得是不现实的,没想到这次还真的梦想成真了!几天来除了激动也有几分不安,到美国要待20多天,生活能不能适应,自己一句外语不懂,出国肯定有许多不方便的地方,更生怕走丢了回不来。三年前,省卫生厅公派我去日本学习时,就是因为不懂英语闹了很多笑话,还有几次险些走丢!为了不使三年前的"悲剧"重演,晚饭后团友们有的忙着去超市购物,有的忙着打牌,而我却纠缠着同行的唐先生教我几句常用英语。一时间记不住,就用谐音汉字记在纸上,然后在屋内来回乱转,边转边背,把团友们笑坏了。一个晚上,我跟唐先生学会了三句英语,一句是"我是中国人",另一句是"我不会说英语",再一句是"请问,您会说中文吗"。我不无自嘲地告诉大家,咱就凭这三句英语闯美国了!

## 二、经停芝加哥

我们乘坐的是北京时间11月22日18点55分的航班,由于提前一个多小时过了安检,大家都没有吃上晚饭。登机后由于空中管制,我们在飞机上坐了几个小时才起飞。临走时带了点吃的东西都随行李托运了,大家都眼巴巴地等着飞机上发食品,可一直到飞机起飞两个小时后,每人才发了一个面包,这下可把我们饿坏了,大家一起埋怨老美的航班太抠门,国内航班还发盒饭呢!当地时间11月22日21点40分,我们乘坐的航班终于抵达美国的芝加哥机场,我们要在这里转机去纽约。坐了十几个小时的飞机,饿了十几个小时,所以一下飞机大家都急着去取行李,找吃的东西。可偏偏我们团队的行李被漏下了,我们在芝加哥机场又苦苦等了两个小时,行李才转运过来。拿到行李后,团队的所有人都不约而同地打开行李找吃的,以致接站的人一遍又一遍地催大家抓紧出关,无人应答!最后接机的工作人员告诉我们,晚上安排参观西尔斯大楼夜景,再耽误就没时间了。于是大家慌忙地带着行李上车,想一睹西尔斯大厦的壮观!等上了车,领队却告诉我们:由于时间关系,我们只能在车上远远地观看西尔斯大厦的夜景了。领队给我们介绍说:西尔斯大厦有110层,一度是世界上最高的办公楼。每天约有1.65万人到这里上班。在第103层有一个供观光者俯瞰全市用的观望台。它距地面442米,天气晴朗时可以看到美国的4个州。车子开出芝加哥机场转了一圈,远远看见西尔斯大厦宛如一个五光十色的光柱直插苍穹!转了有一个多小时,我们又返回芝加哥机场转机去纽约。

## 三、纽约印象

从芝加哥起飞,又经过两个小时飞行,我们终于带着极度疲惫到达纽约机场。当接站的汽车一出机场,车内立刻一片欢呼声!汽车飞驶在高架桥上,俯瞰纽约的夜景,就像一个五光十色的万花筒、光怪陆离的世相图。说它汇聚天下都市的亮丽一点也不过分!我不由得暗暗感慨:城市是文化的,是历史的,是人类文明的结晶。看到了纽约,就看到了人类文明现阶段对"繁华"二字的极致演绎。

经过近一个小时的路程,当地时间凌晨3点左右,我们到达了纽约近郊的一家宾馆。虽然宾馆条件很好,由于时差和太晚的原因,这一夜,同行的各位团友都没睡好!

第二天上午,领队告诉我们,本培训团在美国第一天的活动是参观曼哈顿岛。曼哈顿是纽约的市中心,纽约的主要商业、贸易、金融、保险公司均分布于曼哈顿,它是世界上最富裕的地区。曼哈顿是一个狭长的小岛,从北向南分为上城、中城及下城。其中著名的观光景点包括上城的中央公园、上城东区、大都会博物馆、古根汉博物馆、麦迪逊大道、上城西区、林肯中心、美国自然历史博物馆、哈林区以及77街以北的博物馆大道;中城区除了拥有与天争高的摩天大楼,如帝国大厦、克莱斯勒大楼、洛克菲勒中心,还有纽约时报广场、百老汇剧院区、名牌货物集散地第五大道、中央车站;下城区则以金融为中心,著名景点包括苏活区、纽约证券交易所、世界金融中心、南街海港、格林威治村、炮台公园,还有位于自由岛上的自由女神像。曼哈顿是世界上最大的摩天大楼集中区,例如帝国大厦、克莱斯勒大厦、洛克菲勒中心、麦迪逊广场、花园中心、大都会人寿保险大厦、林肯演艺中心、联合国大厦等。我们一会坐车,一会换船,走马观花地转了一遍。在这里给大家介绍几个具有代表性的景点。

景点一:华尔街

距离被撞毁的世贸大厦不远处,有一条狭窄的街道聚集了全球近 3000 家外贸、金融、证券、保险公司,那便是著名的华尔街。全世界金融业最权威的纽约证券交易所就在该街上。外人不能随便进入证券交易所,但设有供游客参观的“走廊”。尽管隔着厚厚的玻璃,人们仍可以清晰地看见交易大厅里人们挤成一团抢购或抛售股票的疯狂场面,甚至连嘈杂的叫喊声也隐约可闻。

景点二:联合国大厦

联合国大厦也位于曼哈顿区,距世贸大厦原址约两公里。

大厦前面悬挂着参加联合国组织的各个国家的国旗,十分壮观。大厦底层供游人免费自由参观,而更值得一看的则是大厦周围广场上的雕塑。一座"枪"的雕塑尤有深意:长长的枪管被扭曲,打成一个结。那是代表全世界人民的呼吁:"要和平,不要战争!"

景点三:自由女神像

自由女神雕像立于曼哈顿外海的自由女神岛上,她是1876年美国建国百年时,法国送的生日礼物。攀登自由女神像是耐力与体力的考验,一共有354个台阶(约为22层楼高),最高到女神的皇冠部分,可以鸟瞰整个曼哈顿岛上栉比鳞次的参天高楼。

景点四:林肯中心

林肯中心是全世界最大的艺术会场,总共可以同时容纳1.8万位观众。林肯中心主要以环绕喷泉广场的3栋剧院——纽约州剧院、大都会歌剧院、爱弗莉费雪音乐厅为主,还有外围的古根汉露天广场、东部的纽约表演艺术图书馆、茱利亚学院及爱利斯度利音乐厅等。

景点五:帝国大厦

"不到长城非好汉",说的是来中国旅游,必定要看长城。而到美国,不爬一下帝国大厦,恐怕也是虚枉美国之行了。只有登上帝国大厦,才能真正体会到纽约这座城市的魅力和巨大震撼力。正因为如此,我们在短暂的两天纽约之行中,留足了时间去参观帝国大厦,体验一下它帝王般的霸气!

几乎每位游客在来到纽约之前都在电影或杂志中见过它了。在这栋大楼取景的电影超过 100 部,它的名气每年吸引近 400 万游客前来此地。据领队介绍,帝国大厦的灯饰相当著名,不同节庆会点燃不一样的灯光,例如,情人节是红与白,国庆日是红、白、蓝,圣诞节是红和绿。一楼大厅是不能错过的景致,大厅内罗列了世界七大奇景,包括金字塔、巴比伦公园、宙斯雕塑等。

景点六:第五大道

第五大道是曼哈顿区的中央大街,道路两旁是玻璃幕墙闪闪发亮的高楼大厦。西装革履的男士和身穿时装的女士,拿着公文包,进出高楼大厦,呈现出一幅高雅、时尚的美国现代生活图景。

第五大道可算得上是流行时尚的同义词,世界顶级商品才能在这里占有一席之地,各式橱窗设计是街道上的一大特色,著名的大都会博物馆也在这条街上。所以现在的第五大道除了是

百万富翁街道,其丰富的艺术资产与高雅幽静的景观也被称为
上东区之冠。

## 四、匆游费城

　　培训团安排在费城的浏览时间只有 4 个小时,所以我们只
参观了这个城市最精华的部分。位于弗吉尼亚州的港口城市费
城是 1776 年《独立宣言》发表的地方。在华盛顿特区被建成之
前,费城曾经作为临时国家首都将近 10 年,因此这里也是一个
历史悠久的城市。本杰明·富兰克林是费城最负盛名的人物,
至今百元美钞的票面还在使用他的头像。具有 270 年历史的独
立钟和独立宫是这座城市最值得一提的历史古迹,也是除自由
女神外美国最重要的文物。费城是一座老牌的工业城市,工业
化25%以上。20 世纪 80 年代,政府着手古老城市的翻新。所
谓翻新并不是拆除,只是把标志性的工业时代建筑统一粉刷成
橙红色。如今费城依托自然条件优越的天然内港发展起休闲娱
乐业,成为一道美丽的风景线。

## 五、入住华盛顿

　　培训团在华盛顿安排了两天的行程,而且没有学习任务,大

家基本上可以自由活动。华盛顿是以美国第一任总统的名字命名的城市。美利坚合众国的奠基者、第一任总统华盛顿,领导了美国独立战争并取得了胜利。独立战争胜利后,他反对君主制,主张建立立法、行政和司法三权分立的共和政体,开创了美国全新的社会制度、生活方式和主流文化,被人们称为"战争中第一人,和平中第一人,同胞心目中第一人"。1790 年华盛顿建都时,美国共有 13 个州392 万人口;到 20 世纪末,全美国已经有50 个州2.6亿人口了。1800 年 6 月,华盛顿正式行使首都职能。

华盛顿地处北纬38 度51 分,著名的南北战争就是以华盛顿作为分界点的。城市的布局以华盛顿纪念碑为中心,纵横分割开向四个方向呈扇形展开,其中西北区为其政治中心区域。因南北战争的爆发,华盛顿纪念碑不得不分阶段建造,采石不同,碑身的色彩也清晰地形成两截。在碑身内 500 英尺处设瞭望台,可欣赏华盛顿特区全景。华盛顿的几乎所有著名景点都比较集中,站在华盛顿纪念碑上就可以清楚地辨认出联邦造币厂、杰克逊纪念馆、林肯纪念堂、白宫、国会、罗斯福山庄、国家航天博物馆、联邦法院等景点。从 492 英尺返回地面的途中,我们经过并短暂停留观看世界 131 个国家赠送的石碑,其中就有一块是清朝皇帝咸丰赠送的。在白宫和美国国会大厦前面,我们培训团的队友们一个劲地拍照。离开国会大厦后,我们来到了阿灵顿国家公墓。这里是美国最大的国家公墓,总共埋葬着自南北战争以来阵亡的24万名将士和部分因公殉职的国家公务员,此外还埋葬了包括遇刺的肯尼迪在内的四任美国总统。不远处是越战阵亡将士纪念碑和朝鲜战争纪念碑。朝鲜战争纪念碑前塑立着19位士兵的雕塑群像,象征着联合国派遣19国联合部队出兵征战朝鲜战场,园地中详细记载了19个国家的名称。

## 六、途经波士顿

波士顿是美国东北部新英格兰地区最大的港口城市,马萨诸塞州首府。波士顿的发展与许多历史事件都有联系,如1770年发生英军枪杀当地平民的"波士顿惨案",1773年出现反英抗税的"倾茶事件",1775年4月在这里打响了美国独立战争的第一枪。美国独立后,城市经济和海上贸易进一步发展,1822年设市。波士顿也是美国除纽约之外的主要金融中心之一。城市经济以银行、保险、投资管理和其他商业、金融业为主,有新英格兰区联邦储备银行、波士顿第一国民银行总部、全国最大的温默杰特证券交易所以及50家保险公司等。波士顿还是美国著名的文化城。市内有16所大学,大市区有47所。西郊的剑桥为大学城,有著名的哈佛大学、麻省理工学院等,还有国家航空与宇航局电子研究中心等重要科研机构。听领队介绍,欣赏波士顿港湾的风景应该在查尔斯河入海口的波士顿海港坐游船,饱览沿岸迷人风景,这是一个愉悦身心的绝佳安排! 可惜我们团队因时间关系,没有这个安排,只是在黄昏的时候在海边转了转。海边的人行步道旁有一排排黑黑的木桩,那是很久以前的人留下的码头遗迹。说不定当年哥伦布从欧洲横渡大西洋发现美洲时,就停靠在那里!

## 七、就学洛杉矶

11 月 29 日,我们到达洛杉矶。培训团将在加州大学洛杉矶校区进行为期 6 天的培训。洛杉矶濒临浩瀚的太平洋东侧的圣佩德罗湾和圣莫尼卡湾,背靠莽莽的圣加布里埃尔山,面积 1290.6 平方公里。洛杉矶是美国第二大城市,又被称为汽车城。据说是美国一年四季中空气最好,最温暖的地方。

虽然在洛杉矶培训 6 天,但自由活动的时间只有两个半天。到这里的第一天晚上,我们几个团友结伴去中国城。在中国城我们看到了华人创业的艰难! 并不是像我们想象的,美国是天堂,中国人到这里都成了大款。中国城现在还是洛杉矶最落后的商业区,经营着中国生产的价格低廉的小商品,还有中国人开的各种菜系的小饭店。所以,华人在洛杉矶活得并不容易,现在也是如此。

洛杉矶几乎没有高楼,所有民居都是 1～2 层的小楼。据说人家看不到庭院就不会买,所以没人住高楼。

洛杉矶是一座文化之城。好莱坞、星光大道、环球影城,都在演绎美式的影视文化。文化,在这里是实实在在的产业。我们利用一个半天的时间驱车游览了著名的好莱坞影城。一路行走,我突然发现了一个奇特的现象:路边的应该是 60KV 的电力线路竟然是木制的电线杆。在国内连 220V 的配电线路都已经不使用木电线杆了。看样子美国不像我们只要面子,而是重视"里子"。只要能用,能保证安全,他们就继续使用。在以后的行程中,我也感觉到了美国人的这一观念。在我们下榻的宾馆里,使用了好多年的窗式空调还在使用,尽管噪音大得吵人!电视机大多还是配着长尾巴显像管的显示屏,这显示了美国人的务实精神。

## 八、神秘的拉斯维加斯

在洛杉矶培训结束时正好赶上周末。在全体团友的共同要求下,我们团增加了两天的拉斯维加斯行程。从洛杉矶沿 5 号公路到拉斯维加斯开车走了近 10 个小时,但大家并不觉得累,因为有沿途风光可看。最为有趣的是我看到了几百只风车,白色的风车在呼呼地转,有些壮观,有些浪漫。高速公路是不用收费的,这为我们节约了不少时间。到达拉斯维加斯时已是深夜 12 点,我们入住的宾馆大堂内却依然很热闹,办入住手续的排起了长龙。据说周末这里的人比平时要多很多。美国人都"喜欢"排队,哪怕只有两个人队伍也排得好好的,而且人和人之间留的空间较大。他们也有耐心,办事的人动作好慢,过好久才移动一点点,事后才知道他们问得很仔细,也安排得很妥当。领队告诉我们,拉斯维加斯白天没有什么好玩的,好景全在晚上,让我们当晚尽管多睡会。听了领队的话,第二天我们醒来的时候已快到中午了。下到一楼一转,才发现饭店很大,与其说它是饭店,不如说是一个小型王国。我在脑子里莫名其妙地冒出了四个字——"纸醉金迷"。这四个字还可表现在饭店一楼处,无数个赌博机放在大厅里,很多人散坐在那里玩。有些人看起来漫不经心,有些是情侣坐在一起玩,也有的玩得有些紧张,目不旁视。其实,我很想过去试一下,但又担心玩不好!

　　吃过午饭后,我们一起去看演出。饭店里面有一个小剧场,每隔一个小时就有一场表演。美国人很热情，台上和台下互动得很好，每场表演都能听到台下热烈的掌声、欢呼声，我们也融入其中跟着欢笑。

好不容易等到太阳下山，我们去另一处看音乐喷泉秀。这是我看到过的最大最漂亮的音乐喷泉，有圆形、环绕形、直形，随着音乐翩翩起舞，到高潮时简直喷薄而出，层层叠叠，那声音也变得很有气势，就像过年时大筒的鞭炮声。喷泉对面是巴黎广场，广场里有复制的凯旋门和埃菲尔铁塔。最后我们还去看了场火山喷发秀。可看的东西还很多，可我觉得有点困，独自回饭店休息了。

拉斯维加斯，不只是赌城，还是一座文化之城。虽然所有超级大酒店都有赌场，但同样也都有自己的剧场，常年上演各种文化娱乐项目。中国人耳熟能详的大卫科波菲尔、席琳迪翁等明星更是剧院的驻场主演，待遇也非常高。不过，我不喜欢这个城市，总给人纸醉金迷的感觉！

## 九、难忘圣地亚哥

根据行程安排，我们培训团要在圣地亚哥的一家医疗机构进行为期两天的培训。12 月 6 日，我们抵达美丽的海港城市圣地亚哥。圣地亚哥是加利福尼亚州第二大城市，也是美国第七大城市，位于该州南端圣迭戈湾畔，南距墨西哥边境 20 公里，市区面积 829 平方公里，人口 130 万，多为墨西哥和西班牙人后裔。

结束培训后，我们团获准参观圣地亚哥海军基地。一进海港，首先映入我们眼帘的就是矗立在海军基地广场上的胜利之吻巨大雕塑。一名身穿深色海军服的士兵激情地拥吻着一位女护士。这一雕塑的由来是 1945 年 8 月 14 日，一名美国士兵为庆祝二战胜利在纽约时代广场忘情地亲吻一名陌生女护士，被誉为世界新闻摄影之父的德国摄影家埃森斯塔立刻用镜头捕捉了这一瞬间。照片刊登在美国《生活》画报上，取名"胜利之吻"。这张照片当时感动了千千万万的美国人，让这一瞬间从此成为历史的定格，成为美国庆贺二战结束的标志。我们参观了美国第三海军基地，近距离看到了里根号航母。基地位于港湾的中部，码头线长 16.5 千米，水深 6～11 米。美海军第三舰队司令部及所属许多部队司令部驻此。基地西岸的科罗纳多设有两栖作战基地，北岛设有海军航空站。周围还建有海军训练中心、补给中心、舰队反潜训练中心、海军两栖作战训练学校和海军医院以及为军事目的服务的海豚训练中心等。

## 十、最后一站——旧金山

旧金山是我们培训团美国行程中的最后一站,我们将从这里乘机回国。在旧金山基本是自由活动。旧金山,又译作"三藩市""圣弗朗西斯科",是美国加利福尼亚州太平洋沿岸港口城市,是世界著名旅游胜地、加州人口第四大城市。旧金山临近世界著名高新技术产业区硅谷,是世界重要的高新技术研发基地之一和美国西部最重要的金融中心,也是联合国的诞生地。

旧金山的著名景点很多,但因时间关系,我们只参观了四个景点。我们第一个去的是九曲花街。九曲花街其实就是一条街,因为太陡了,上下不安全,也不好行走,就在两侧种上了花草,形成了"之"字形的路。九曲花街附近的街道上有一种很特别的交通车,开始以为是有轨电车,问过领队才知道是"铛铛车"。这车是建于 19 世纪末的缆车,缆车的钢缆不是在天上,而是在地下的轨道下面。旧金山陡峭的街道很多,一般车辆走起来很费劲,缆车成了最好的交通工具。现在大部分缆车已被现代交通工具代替,仅有的成了"文物"。这车跑起来时,司机摇铃铛警示行人,被华人叫作"铛铛车"。可惜等了半天也没看到"铛铛车"过来,所能看到的只有路面上的铁轨了。从这里出来,我们去了"渔人码头"。渔人码头前很热闹,像个集市。我们要在这里坐游船,在海面上穿越"金门桥",环绕"恶魔岛"。恶魔岛是渔人码头北面的一座小岛,以前是印第安人出海捕鱼的中转站,被称为天使岛。在旧金山归属美国后,由于得天独厚的地理条件,1937 年,美国政府将其改作监狱。芝加哥"教父"卡邦、"鸟人"史特劳德和"机关枪杀手"凯利等重要犯人都在岛上关押过,所以这里就成为一座神秘的"恶魔岛"。

在回国的前一天早晨,我们来到了金门大桥,大家先拍了不少照片,然后坐上了游轮。薄雾中的金门大桥,多了一层雄伟和神秘。

金门大桥是世界著名的桥梁之一,是近代桥梁工程的一项奇迹,历时 4 年、使用 10 万多吨钢材、耗资 3550 万美元建成。金门大桥被誉为近代桥梁工程的一项奇迹,也被认为是旧金山的象征。金门大桥的设计者是工程师史特劳斯,人们把他的铜像安放在桥畔,用以纪念他对美国做出的贡献。大桥雄峙于长 1900 多米的金门海峡之上。金门海峡为旧金山海湾入口处,两岸陡峻,航道水深,由 1579 年英国探险家弗朗西斯·德雷克发现,并由他命名。

金门大桥的北端连接北加利福尼亚,南端连接旧金山半岛。

当船只驶进旧金山,从甲板上举目远望,首先映入眼帘的就是大桥的巨型钢塔。钢塔耸立在大桥南北两侧,高342米,其中高出水面部分为200多米,相当于一座70层高的建筑物。大桥桥体凭借桥两侧两根钢缆所产生的巨大拉力高悬在半空。钢塔之间的大桥跨度达1280米,为世界罕见的单孔长跨距大吊桥。从海面到桥中心部的高度约60米,所以即使涨潮时,大型船只也能畅通无阻。参观完金门大桥,我们匆匆赶往唐人街。1846年,美国战船钵士茂号在现在唐人街花园角的地方登陆,并升起第一面美国国旗。当时,旧金山被称为耶巴布纳,6个月后,旧金山市政府正式成立,耶巴布纳改名为三藩市。但在成立市政府之前,华人已在唐人街繁衍生息。最早到美国创业谋生的华人是广东人,1807年,广东籍商人到达美国,将中国的丝绸、陶瓷、烟草等产品销往美国。在200年之前,中国人有这个想法真是了不起,这标志着华人迈向美洲大陆的第一步。旧金山的发展和辉煌是与华人息息相关的。开埠以来,唐人街一直是海外华人生存与发展的根据地,唐人街规模不断在壮大,为今天华人创业打下坚实的基础。

当你进入旧金山唐人街,看到街道上空挂满中国大红灯笼和中文招牌时,你的民族意识就会突然升华:中国人就是了不起,能在别人的土地上艰苦创业,站稳脚跟!

2010 年 12 月于寿春

# 布衣的忧虑

# 依法治国必须从中国的实际出发

在依法治国的实践中,有人主张:在一个较短的时间里,人为地甚至是强制性地完成法律制度的变迁,用超前的制度规则来强制性推行新秩序,把不具备的条件尽快创造出来,把应该改掉的东西尽快改掉,把方方面面的工作立即有步骤有计划地做出来。这是一种良好的主观愿望,它可以在头脑中转化为美丽动人的图景,但很难变成现实。

从理想出发还是从实际出发,是唯心主义和唯物主义的分水岭,也是我国近百年革命和建设过程中争议最多,对历史进程影响最大的关键问题。恩格斯在批判杜林的先验主义时就深刻指出:"原则不是研究的出发点,而是它的最终结果;这些原则不是被应用于自然界和人类历史,而是从它们中抽象出来的;不是自然界和人类去适应原则,而是原则只有在符合自然界和历史的情况下才是正确的。"现实社会不是一块任人雕刻的大理石,它不会按照人们的主观愿望发展,只能遵循历史发展的客观规律去展示它的过程。

一个国家的法律制度能不能确立,不取决于这种制度本身是否理想,而在于它是否符合本国的国情。我国社会主义法制能不能确立,不取决于它是否理想化,而取决于它是否与我国社会主义初级阶段的实际相符合。恩格斯曾经指出:"一切社会变迁和政治变革的终极原因,不应当到人们头脑中,到人们对永恒的真理和正义的日益增进的认识中去寻找,而应当到生产方式和交换方式的变更中去寻找。"从传统的社会主义理论看,社会主义社会应当建立在高度发达的资本主义社会的基础上,社会主义应当创造出比资本主义更高的生产力,社会主义制度应当具有资本主义制度无法比拟的优越性。由此推论,社会主义法制应当比资本主义法制更加健全完善。上述这些结论,在社会主义的高级阶段一定会得到证实,但不能生搬硬套在社会主义初级阶段中。我国的社会主义制度是在一个半封建半殖民地国家的基础上建立的,因此,我们必须要经过一个相当长的社会主义初级阶段才能进入社会主义高级阶段。我国的社会主义初级阶段是一个新旧交织、先进与落后并存的十分复杂的历史阶段。这个历史阶段的突出特点是经济、社会的发展不平衡,一方面,具有一部分现代化工业,一部分经济比较发达和文化比较先进的地区;另一方面,拥有大量落后的工业、广大不发达地区和文盲半文盲人口。这种生产力的落后和发展不平衡,决定了我国的社会主义经济制度还不成熟不完善,决定了在上层建筑方面建设高度社会主义民主政治所必需的一系列经济文化条件还不充分,封建主义、资本主义腐朽思想和小生产习惯势力在社会上还有广泛影响。因此,在我国现阶段社会主义法制建设中,要充分认识上述特点,不能仅仅看到少量的先进事物,而且要看到大量存在的落后方面,看到先进与落后长期并存,新与旧逐渐交替的实际,充分估计到改变这种落后状况和不平衡性的长期性、艰巨性和复杂性,尊重历史发展的客观规律,逐步为新事物的成长、旧事物的消亡创造条件,使法制建设一步一个脚印地向前迈进。如果想用国外引进的所谓超前的规则,或从社会主义应有的优越性出发机械地演绎出某些理想模式,从外面强加于现实社会,并试图通过这种办法人为地创造出缺乏现实基础的"条件",人为地改掉目前仍拥有强大现实基础的"东西",以此为新秩序的诞生开辟道路,这种想法在实践中是根本行不通的。

推行依法治国,从某种意义上讲,是加快社会主义法制建设的一次革命。要使这次革命顺利进行并取得扎实的成效,必须使革命的进程和整个国家的经济、社会发展水平相适应,换言之,进行这次革命必须有相应的物质条件做保障。马克思曾经指出:"要进行革命,必须具备一定的物质基础,否则,尽管这种变革的观念已经表述过千百次,但这对于实际发展没有任何意义。"从历史唯物主义的角度看,实行依法治国是我国社会主义现代化发展的需要,特别是建立社会主义市场经济体制的需要,是由于生产力和生产关系的变化而引起的法制领域的一次革命。这次革命由物质因素的变化而引起,也必须依赖物质因素的支持而成功。如果把这次革命理想化,使之脱离物质基础,超越社会发展水平,它就会成为无源之水、无本之木,就不可能实现预期的目标。所以说,实行依法治国,必须走有中国特色的法制道路,必须与中国的现实国情相适应,与我国现阶段生产力发展水平相适应,不能不顾实际地盲目"超前"。

当然,在依法治国过程中,也需要用先进的法制观念和具有一定超前性的制度规则来引导实践。但是这种先进的法制观念和超前性的制度规则,一定要以对客观规律的科学认识为前提,一定要以已经出现的、能预示现实事物发展方向的先进物质因素为基础。正如马克思指出的那样："人类始终只提出自己能够解决的任务,因为只要仔细考察就可以发现,任务本身,只有在它的物质条件已经存在或者至少是在生成过程中的时候才会产生。"这种先进的法制观念和超前性的制度规则,不能像法制理想那样过多地着眼于法制建设的终极目标,而是把理想与实际结合,与法制建设近期的、阶段性的发展目标相适应。它们对现实的作用是催化、扶植、促进,而不是强制改造,拔苗助长。如果这种先进的法制观念和超前性的制度规则中,都是些在现实中不存在或经过努力不可能存在的东西,那么,它们只能是脱离实际的空想,对推进依法治国不会有丝毫的帮助。

2004 年 12 月

# 浅谈法治与德治的关系

我国"十五"计划纲要明确提出:"把依法治国与以德治国结合起来,大力推进社会主义精神文明建设。"这意味着法德并用、双轨治国将成为新时期的治国之道。那么,依法治国与以德治国之间的关系如何? 两者孰重孰轻? 笔者认为,依法治国和以德治国既有联系又有区别,法律与道德在调整范围方面既有分工又有协作,而且在一定程度上相互转化,它们应该是辩证统一的关系。

依法治国与以德治国的主要联系在于:一是依法治国与以德治国的相互渗透与竞合。法律意识与道德观念本质上是一致的,是息息相通的。一方面,某些道德观念为法律规定所采用,上升为法律。比如我国宪法中的有关条款,就明确规定作为社会主义道德基本内容的"五爱"以及社会公德的要求。另一方面,某些法律规范也成了道德规范。比如诉讼法中的证人不做伪证,民法通则中相邻关系的规定等,与道德规范的要求是一致的。在推动依法治国和以德治国的进程中,要正确认识两者的渗透关系,严格遵守法律与道德竞合的规范,否则,必将受到法律制裁和道德谴责。二是依法治国与以德治国的相互影响与作用。德治对法治的实施具有指导和保障作用。指导作用体现在任何社会的法律都必须顺应该社会主导地位的道德的要求,否则,它将难以有效地发挥作用。保障作用体现在道德作为行为的最高准则,为依法治国提供良好的实施环境,是实现依法治国的有力保障。一定的法律保障,对德治理念的弘扬也有一定的促进作用。通过立法,将人们最基本的道德义务上升为法律义务,这种义务的履行就有了道德制约力和法律强制力的双重保障。三是依法治国与以德治国的相互补充与发展。依法治国与以德治国是相互补充的。法是具有强制性的,德是靠褒贬来感化、用舆论来引导的。以德治国是依法治国的前提,依法治国是以德治国的发展与延伸,以德治国将更好地推动依法治国进程。道德规范是法律规范的基础,是法律规范的更高要求,守法是做人的起码准则,但不是最高准则,品德高尚才是做人的最高准则。只有全体公民都能遵守道德,才能彻底消除不良行为和丑恶现象。四是依法治国与以德治国的相互制约与转化。德治的实现程度直接制约法治的发展,甚至会导致某些法律规定的变化。比如,当一个地区总体上的道德水平较高时,法的实施就会比较顺利,而当一个地区总体上的道德水平处于低谷时,违法犯罪行为就会日趋增多,而且,道德水平的提高与降低,还会导致某些法律规定的改变。法治状况也直接制约德治状况,一个地区总体上法制严明,其道德水平也将会提高,道德状况将会改善。

　　依法治国与以德治国的主要区别。一是两者的实施依据不同。依法治国强调的是依照法律来规范。法律是由国家制定或认可的,体现国家意志的,具有明确内容的规范。以德治国强调以道德来规范。道德是人们在长期的社会生活中自发形成的,存在于人们的社会意识之中,并通过言论和行为表现出来。二是两者的适用范围不同。依法治国的适用范围主要是那些对建立正常社会秩序具有比较重要意义的并在法律上有明文规定的社会关系,而以德治国的适用范围比依法治国广泛得多,它几乎涉及社会关系的各个领域和各个方面。正确适用法治与德治两种方式,不能把法律调整的领域只用道德来谴责,也不能把道德调整的领域用法律来制裁。三是两者的实施方式不同。依法治国强调以国家强制力作为实施的后盾,以德治国在实施中虽然也有一定的强制性,但没有国家强制性,它主要靠社会舆论和内心的道德信念和修养等力量来获得实施和维护。在依法治国和以德治国的过程中,要分清这种区别。不能以国家强制力来推行德治,否则,将损害法的权威性和严肃性,造成法律的难以执行。依法治国不能仅靠社会舆论和内心信念来推行法治,否则,依法治国将成为一纸空文。四是两者发挥的作用不同。依法治国发挥作用的侧重点是保证各项工作都有法可依,有法必依,执法必严,违法必究,实现社会主义民主的制度化、法律化。而以德治国发挥作用的侧重点是通过社会舆论与内心信念促使人们自觉养成良好习惯和规范良好道德行为,约束和制止不道德和不文明行为,形成扶正祛邪、扬善惩恶的社会风气。

我们强调德治在治国安邦中的重大作用,但绝不能排斥法律手段的作用,也不能把德治与法治割裂开来。科学的态度应该是把依法治国与以德治国紧密结合起来,把属于精神文明的道德建设和属于政治文明的法制建设都放到治理国家基本方略的高度。

　　依法治国与以德治国的结合,是古今中外人类历史经验教训的深刻总结。上层建筑可以反作用于经济基础,良好的治国方略可以促进经济文化发展和社会秩序的稳定。中国封建社会之所以能够长期延续与发展,原因固然很多,但与其"德主刑辅""霸王道杂之"的治国方略不无关系。"德主刑辅"的思想肇始于周公的"明德慎罚",孔子则明确地把德治放在第一位,把法(刑)治放在第二位。用他的话来说,就是"道(导)之以政,齐之以刑,民免而无耻;道之以德,齐之以礼,有耻且格"。孟子继承并发挥了孔子的"德主刑辅"思想,突出强调实施德政的重要性,认为只有实行德治,重礼义教化,方能统一天下。既"隆礼"又重法的荀子,主张先礼后法,先教后刑。董仲舒用阴阳学说阐释"德主刑辅"思想,提出"天道之大者在阴阳。阳为德,阴为刑;刑主杀而德主生",因此,要"大德而小刑"。至此,"德主刑辅"成为封建社会的正统的指导思想。

　　西方国家有借助神的信仰推行德治的传统。第二次世界大战以后,西方发达国家比较重视由政府来推进道德建设。大体上有两种做法,一是由国家制定统一方案、政策和设置专门机构,统一进行德育管理,日本、法国、新加坡等国家采取这一方法;二是由国家制定政策,仅仅规定德育的目标。至于具体的道德教育工作,则由相关机构、部门根据对象与工作性质,自由实施,不做强行规定,美国、加拿大及北欧一些国家采取这一方法。

需要特别指出的是,我国的依法治国与以德治国虽然要借鉴中外历史经验,但在本质和内容上既不同于过去封建社会,也不同于资本主义国家。社会主义国家的道德与法律改变了过去少数人的道德与法律居支配地位的历史,转而由多数人的道德与法律居支配地位,这是性质上的不同。我们实行依法治国和以德治国,根本目的是为了保证人民群众真正成为国家的主人。依法治国,就是党领导的国家权力机关、行政机关、司法机关和其他社会组织,要按照体现人民意志和利益的法律和制度来治理国家。以德治国,就是要以马列主义、毛泽东思想、邓小平理论、"三个代表"重要思想和社会主义荣辱观等为指导,积极建立适应社会主义市场经济发展的社会主义思想道德体系,发展社会主义精神文明。我国社会主义道德以为人民服务为核心,以集体主义为原则,以爱祖国、爱人民、爱劳动、爱科学、爱社会主义为基本要求。这就在内容上既不同于以"三纲五常"为核心的中国封建道德,亦不同于以个人主义为核心的资本主义道德。

2005 年 8 月

# 由"三八节"而想起的——

前几日在一次朋友的家宴中,有三位年轻女士绘声绘色地谈起她们的崇拜对象。一位说最崇拜周杰伦,一位说最崇拜周华健,另一位则说最崇拜韩国的哪个女影星,我没记清名字。听着她们的议论,我忍不住也想说几句自己的看法,但欲言又止!

今天我在网上看到一则报道,在长沙,一位不知名的年轻妇女居然骑在毛主席的铜像上拍照。愤怒之余,我终于按捺不住自己激动的情绪,想借"三八节"到来之际,对女同胞们说几句话。

要说崇拜,我认为中国的女性应该最崇拜毛泽东;要说感谢,中国女性也应该最感谢毛泽东!因为,没有毛泽东就没有中国女性的解放,没有毛泽东,中国女性就不可能有今天的扬眉吐气!

　　试想,在旧中国,女性哪有权利可言?别的不说,就连自己的一双脚也要被强制用长长的裹脚布包裹起来。在旧中国,女性除了有"打了折"的生存权和生育权之外,恐怕再也没有其他的权利。而自从中国出了个毛泽东,才有了中国的妇女解放运动。而我们中国的女性解放运动和西方的女性解放运动是完全不同的。西方的女性解放运动是先争取政治的权利,然后争取文化的权利,它是一点一点开展的,这个斗争是非常艰难的。当然,后来妇女的权利是得到了。我们中国的妇女解放运动跟他们有本质的不同。我们的妇女解放运动一开始就是和我们的民族解放运动联系在一起的,所以它是极为彻底和深刻的。毛主席说:"只有阶级胜利了,妇女才能得到真正的解放。"1931 年,毛主席在苏区亲自制定和签发了中国苏维埃政府的第一部《婚姻法》,在中国历史上第一次从法律上废除包办强迫以及一夫多妻封建婚姻制度,实行了男女平等、婚姻自由和一夫一妻的新婚姻制度。1931 年,毛主席亲自制定的《中华苏维埃共和国宪法大纲》是我国历史上第一部体现男女平等的根本大法。毛主席对妇女婚姻自由、男女同工同酬、禁止缠足、产前产后休息等问题,做了详细的调查研究,并提出了解决办法。还在 1932 年 4 月 22 日签署了关于妇女生活改善委员会的组织纲要。同年 6 月 20 日,又签署了一项关于保护妇女与建立妇女生活改善委员会的组织和工作训令,对妇女生活的改善从组织上给以保证。中华人民共和国成立前夕,毛主席指示邓颖超和王明执笔起草的第一部法律,就是《婚姻法》,1950 年 4 月 13 日,《中华人民共和国婚姻法(草案)》提请中央人民政府委员会第七次会议通过。1949 年 9 月,在毛主席领导下的中国人民政治协商会议第一届全体会议通过的《共同纲领》明确规定:"废除束缚妇女的封建制度,妇女在政治的、经济的、文化教育的、社会生活的各方面,均有与男子平等的权利。"1954 年,新中国第一部《宪法》对妇女的各项权利都做出了明确规定。中华人民共和国成立初期,毛主席曾气愤地说过:"新中国决不允许娼妓遍地,黑道横行,我们要把房子打扫干净。"中华人民共和国成立不到两个月,人民政府就果断地关闭了各地的妓院,解救和改造了大批的妓女,让她们成为新社会的劳动者。毛主席还多次英明指出:不论在全国解放前的各个革命根据地,还是在社会主义革命和社会主义建设时期,都应以广泛发动妇女群众参加生产劳动,作为党、政府、妇女团体的一项极为重要的任务。

　　新中国在毛主席领导的近 30 年,妇女在政治、经济、文化、社会各方面和家庭生活中的地位都发生了根本的变化。试想,如果不消灭娼妓,女性能有地位吗? 不取消一夫多妻制度,女性能有地位吗? 不制定婚姻自由制度,女性能有地位吗? 所以,毛主席是当之无愧的世界历史上最伟大的妇女解放事业的先驱和领导者!

2009 年 2 月 22 日

# 农村卫生工作的忧虑

　　我国是世界文明古国，历史悠久，祖国医学源远流长。但在中华人民共和国成立前，由于长期战乱，经济文化落后，卫生环境较差，传染性疾病流行，严重危害人民的生命健康。像鼠疫、霍乱、天花、血吸虫和黑热病等传染病广泛流行，造成民众大量死亡，贫病交加，民不聊生。中华人民共和国成立后，尤其是毛主席626指示下达后，我国的卫生工作得到突飞猛进的发展，卫生队伍日益壮大。我国仅用占世界2%的卫生资源，解决了占世界人口22%的医疗、预防、保健任务。在短短的十几年时间内，基本消灭了鼠疫、霍乱、天花、血吸虫、黑热病等传染病，卫生工作取得了举世瞩目的成就，被世界卫生组织称为全世界发展中国家卫生工作的典范！这既与当时的政治体制有关，也与几百万名医务工作者的辛勤工作密不可分。但改革开放30年来，国家医疗体制却"迷失了方向"，产生了"宗旨灵魂败坏"（时任国家发改委副主任王东升语）。现在30%的城市人口，却占了中国医药卫生资源的80%，而70%的农村人口只占了医药卫生资源的20%。改革开放30年来，国家医药卫生的投入从143亿增加到9843亿，增加了近70倍，但农村医生、诊所只增加了1～2倍，个人医疗费用却增加了200倍。1997到2005年，全国医药院校毕业生有近百万人，可是农村的医生却减少了4.7万人，在农村工作的医学本科生还不足1.6%。现在在农村工作的百万医护人员中，20世纪六七十年代的医学类中专生仍是中坚力量！而在百万村医中，有相当一部分人缺乏合格的资历，亟待培训。全国人民"看病难""看病贵"，农民看病就更贵、更难！许多农民，全家一年的收入不够去医院看一次病。据统计，因病致贫返贫甚至倾家荡产的农民，每年约有1305万人。

　　1965～1978年，由于全国上下认真贯彻毛主席的626指示，农村普遍建立了三级保健卫生网，医疗卫生覆盖率达到90%，就连新疆、西藏这些边远地区90%以上的村也建起了卫生室，实行了农村合作医疗。全国农村基本实现了小病不出村，大病不出乡,成为世界农村医疗改革的典范,受到了联合国的普遍赞誉。但是,农村土地承包以后,农村合作医疗赖以生存的集体经济解体了,短短几年时间,90%的农村卫生室自然解体。以寿县为例,1975年年底,全县农村卫生室已达632个,村医(含赤脚医生)达到1200人。而到1986年年底,全县95%以上的村卫生室解体或变成个体诊所! 1997年,我国的农村卫生被WHO排在第188位,为世界倒数第四,成为国际上卫生财务负担最不公平的国家之一。

改革开放30年,国家经济、社会发生了举世瞩目的发展,但是医疗状况方面,在公共卫生"商品化"的驱动下,城乡不平衡,资源配置不合理,农村卫生落后,医药管道污流,医德医风衰败,医患关系紧张,严重背离了社会主义办医方向——对不起为建立新中国、为改革开放经济发展,吃大苦耐大劳、付出过沉重代价的农民兄弟! 现在正是正本清源,彻底破除利益羁绊的时候了!

为了人民的健康,为了国家的富强,我们大声呼吁:县、乡、村三级医疗网络必须尽快健全,新型农村合作医疗制度必须尽快完善,农村卫生缺医少药现象必须尽快解决,以药养医现象必须彻底破除! 以人为本,首先要以农业、农村、农民为本,这是安天下、稳民心的战略产业，是建设和谐社会的基础，是国家社会持续稳定发展的动力和保证！让我们重温毛主席的 626 指示，深入学习和贯彻党的十七大的精神，端正医疗改革的方向，惩治医药卫生的腐败，真正把医疗卫生工作的重点放到农村去，放到基层去，放到社区去。我们寄希望于新的一轮医疗改革能为中国人民，尤其是中国农民带来福音！

2009 年 6 月

# 小议"官德"

　　所谓官德,即为官之德,是为官从政所应具备的品行与行为准则,是官员应恪守的职业道德和政治操守。何为官德?我们的先人早就做出了回答。

　　孔子告诉我们,官德是公平正义——哀公问曰:"何为则民服?"孔子对曰:"举直错诸枉,则民服;举枉错诸直,则民不服。"意思是:若把正直的人、好的行为放到不正直的人与事身上来做比较,人们很容易就能对统治者信服;若把不正直的人、坏的行为放到正直的人与事身上来做比较,人们却是怎样也无法信服!西汉董仲舒在《对策(三)》中向汉武帝建议:"古者修教训之官,务以德善化民。"强调官德的安民作用。清初王夫之《读通鉴论》

卷三十云："无德于民，不足以兴。"亦从反面说明了这一道理。先贤们以他们的智慧劝诫后人为官之道，历经千年，仍响彻耳畔，历久弥新。21 世纪的今天，尽管我们的政体有了天翻地覆的变化，封建制、君主制也一去不复返，但是这些为官的道理——公平正义、爱民为民、谦虚慎独、立身以正等，仍能为今人所借鉴。

可悲的是，时下少数手握重权的官员，不讲官德，甚至连起码的道德都没有！他们大搞形象工程，急功近利，严重脱离实际，从不考虑老百姓的承受能力。有的高高在上，威风八面，对下属颐指气使，趾高气扬。有的道德沦丧，廉耻全无！古今中外的历史事实证明：党无德则败，国无德则亡，人无德则废。共产党人尤其是党的领导干部必须具备以下官德：

一是宽容之德。人们常说：一等人有本事没脾气，二等人有本事有脾气，三等人没本事大脾气。这句话很有哲理。有句古训叫作"律己当严，待人当恕"。我们常见一些领导干部在下属面前颐指气使，盛气凌人，别人怎么做他都不满意，就自己浑身本事。殊不知他的本事可能比下属小得多，只是官大有理而已！这样的人就是缺乏起码的宽容之德，对他人的宽容是对自己人性的一种升华。宽容可以冰释前嫌，可以换来理解，换来和睦，换来真心拥戴,从而产生无穷尽的力量。反之,如果事事耿耿于怀,净挑别人的毛病,只会让人与人之间的距离越来越远。当然,宽容不是无原则的让步,不是搞一团和气!

二是厚道之品。厚道不是懦弱,不是无能,而是一种雅量,一种气度。老子说:"大丈夫处其厚,不居其薄;处其实,不居其华。"其意思就是说人始终要以一种厚道之品为人处世,会给人一种信任感,一种踏实感,所以古人说"厚德载物"。厚道的人心底无私,襟怀坦荡,光明磊落,心灵清澈见底。作为一名党员,一名党的领导干部,只有具备了厚道的品格,群众才会放心,才会发自内心支持你、拥护你。

三是善良之心。善良是一种心境,是一种胸怀,是中华民族传统道德体系的重要内核之一。《三字经》开篇就是"人之初,性本善"。孟子说:"老吾老,以及人之老,幼吾幼,以及人之幼,天下可运于掌。"三国的刘备在临终前叮嘱幼主"勿以善小而不为,勿以恶小而为之"。正是这些与人为善的思想和理论,教育、熏陶、感染了一代又一代华夏儿女,铸就了我们炎黄子孙可贵的品格和美德。一个领导干部如果没有善良之心,他就不可能为群众所想,为人民谋利。

对清官廉吏来说,做官不是他们的人生目的,不是他们的生活目标。他们的目的是通过居官从政这一途径济世益民,他们的目标是在居官从政实践中为圣为贤。正如清朝康熙时有"天下第一廉吏"之称的著名清官于成龙所言:"埋头去做,不患不到圣贤地位。"

2015 年 6 月

# 也 谈 责 任

前不久在互联网上看到一条新闻:某地一位政府官员在安全生产大会上居然声称:"为什么要在双休日召开这次会议,会开了,我们就算尽责了,尽了责就能免责。"看罢不禁百感交集!这种所谓的尽责,实际上是典型的空谈尽责,推卸责任。开个会,提几点要求,做几项安排,甚至疾言厉色骂几句娘,把自身责任推给下级,说得难听点是靠出卖下级来弱化自身风险,这是流氓政治的具体体现!

责任是一个很厚重的概念,是检验一个人尤其是一个领导干部是否合格的重要标准和尺度。近代学者梁启超曾说过:"人生于天地之间同,各有责任。一家之人各个放弃责任,则家必败；一国之人各个放弃责任，则国必亡。"可见责任对于一人一家庭一组织乃至一国家的重要性。

什么是责任？责任，就是担当，就是付出。责任是分内应做的事情，负责任也就是承担应当承担的任务，完成应当完成的使命，做好应当做好的工作。

首先，责任是一种担当。习近平总书记多次提到共产党人要有担当精神。他常说，有多大担当才能干多大事业，尽多大责任才会有多大成就。敢于担当的具体表现是敢于负责。放弃责任空谈做人是一种可悲，是一个人的不幸；而放弃责任，空谈做官则是一种罪过，是人民的不幸！德国经济学家韦伯说过：有两种罪过不可饶恕，不务实际和不负责任。

其次，责任是角色的期待。角色期待是组织行为学上的名词，可以简单理解为在角色共性规则下应该做什么和必须做什么。如果将社会看作一个舞台，那么每个社会成员都在其中扮演着特定的角色，而任何一个社会角色都与一整套的权利义务和一系列的行为模式相联系。人们对每一个角色都有相应的期望值，能否达到这个期望值，就在于你在扮演这个角色过程中有没有负到应尽的责任。

再次，责任是人民的期盼。责任是一个人人生观、价值观和世界观的体现。普通老百姓的责任感是他对待人生和生命环境的态度。而党员干部，尤其是领导干部的责任感则体现在他对待党和人民事业的态度。人民期盼我们的干部能够尽职尽责、尽心尽力为他们办事！这才是人民需要的好干部。虽然好干部的标准是具体的、历史的，不同历史时期有着不同要求，但贯穿其中一条不变的主线，就是为人民服务、为百姓办事。可以说，无论什么时候，为百姓真心实意办实事的干部，都是党和群众的好干部。这是一条亘古不变的标准。为百姓办实事的干部名垂千古，不为群众办实事，甚至祸害老百姓的干部会遗臭万年。百姓常说"当官不为民做主，不如回家卖红薯"。"回家卖红薯"，便是群众对那些不办实事干部的无情鞭挞。与之相对，那些一心办实事的干部，成为群众久久称颂的好干部。兰考县的梧桐、山东寿光的蔬菜、大亮山的林场……焦裕禄、王伯祥、杨善洲这些党的不同历史时期的优秀干部，正是靠着踏踏实实办实事，最终成为群众"离不开、忘不了"的好干部。然而，当下也有极少数干部不思干实事，群众极为反感、十分痛恨，称之为"为官一任，祸害一方"。有的不干实事，认为干得越多错得越多，得过且过"混日子"；有的干虚事，觉得当官就得捞政绩，大上政绩工程、形象工程；有的干假事，信奉"数字出官、官出数字"，政绩注水频作假;有的干空事,总是"说得很好、做得很少",向群众开"空头发票"。改善生态环境,为荒山刷绿漆,为捞当下政绩,断子孙后代路……这些不干实事的干部又怎能不贻误一方发展,又怎能不为群众所唾弃?"政声人去后,民意闲谈中。"干部好不好,群众自有公论,实践也有比较。干部好与差,靠什么评判、以什么比较? 群众看干部最主要、最关键的一条,就是看其办不办实事,对老百姓负不负责任。为百姓办实事的干部,就是组织器重、群众爱戴的好干部。习近平同志在正定县任职时提出,衡量干部好与差就看他能不能办实事。时至今日,这依然是评判干部优劣的一条重要标准。事业召唤好干部,群众期盼负责任的干部。实现"两个一百年"奋斗目标和中国梦,关键要有一支真刀真枪抓大事、干实事的好干部队伍。成为为群众办实事的好干部,需要"功成不必在我"的胸怀,需要不图名、不图利,多做打基础、利长远的潜绩,不做功当前、患无穷的显绩;坚持党的事业第一、人民利益第一,把为群众办实事作为自己的责任,尽心竭力,毫不懈怠!

2016 年 12 月 3 日

# 扶贫更需扶志

　　党的十八届五中全会提出,到 2020 年全面建成小康社会,所有的贫困县全部摘帽。这标志着新的一轮扶贫攻坚战的号角已在全国吹响,广大党员干部又踏上新的扶贫攻坚征程。从笔者多年的农村工作经历和扶贫经验来看,我认为:扶贫,首先当扶志。

　　党中央关于扶贫攻坚的一系列政策下发后,各地各部门均采取了措施,加大了扶贫帮困的力度,一大批贫困户用自己的双手摘掉了贫困帽子,走上了致富之路。但也有一部分贫困户存在"等、靠、要"的依赖思想。有的本来可以自己办的事情却不办,等着政府和社会的救济和赞助;有的缺乏过紧日子的思想,领到扶贫款后不是用来发展生产,而是用于吃喝玩乐;还有的宁肯整天打牌搓麻将,坐享清福,也不愿动手干点事情。更有甚者,送去肥料,不施庄稼却卖了;送去粮种,不种田里却吃了;什么也不做,天天跑政府,以能领到民政救济为荣,甚至以此在村里炫耀。一些多年一直被帮扶的贫困户,如今仍然是家徒四壁、一贫如洗。问其原因,并不是因为年老体弱、天灾人祸而不能致富,而是因为不思进取,蹲在墙根晒太阳,等着别人送小康,主观努力不够等内因所致。

由此可见,从物质层面给予帮扶,是治标不治本的。很多贫困户之所以贫困,物质缺乏是一个方面,但更多的是没有志气,没有奋斗目标,缺乏脱贫致富的志气和信心,缺乏勤劳实干的精神。

十多年前,笔者在乡镇任党委书记期间,在扶贫时就遇到过一件让我啼笑皆非的事情。2003 年,我重点联系所在乡一个老大难村的扶贫工作,全村有 30% 的中青年人靠"卖血"为生。2003 年初春的一天早晨,我在九龙集的茶馆里,找到了这个村的"血头"赵某。赵某告诉我,他刚去县城医院卖血回来拿到了卖血钱,来茶馆享受一番。我问他为什么要选择卖血这条路,他十分轻快地告诉我:"钱来得快,不伤精神,不费劳力。"我感到很纳闷,古人说钱是人的心头血,那血是什么呢?血是人的命啊!据了解,赵某40岁,有三个小孩(二男一女),听村干部介绍,他老婆东躲西藏还想生第四胎。家里有三亩地,转包给了别人,老婆常年躲着生孩子,家里的三个孩子平时是大的照顾小的,全家五口人就靠赵某卖血和从别的卖血人那里拿提成维持生活。赵某在本村还算过得好的,乡亲们都叫他"吸血鬼",赵某倒也不在乎别人喊他什么。据赵某讲,他有个族弟赵军(化名)去年因患上了乙肝,血卖不掉了,现在生活十分困难。根据"赵血头"提供的住址,我找到了赵军家。的确,赵军家的生活十分困难,以前靠卖血盖起来的三间平房空空荡荡,屋内唯一值钱的就是房顶上的两台吊扇。赵军告诉我:现在血卖不掉了,治病还要用钱,两个孩子中最小的都到了上学年龄,但暂时上不起学。自己家的四亩承包地,多年前就转包给别人了,每年给的粮食只够一家人吃。

从赵军家出来,我找来了该村几位负责人,要他们把赵军的两个孩子送去上学,同时从民政办为赵军批了200元救济款,并为其办了500元的扶贫贷款,我劝他以此为本钱到集市上做点生意。赵军千恩万谢地接过钱。半个月后,赵军来到我的办公室,又问我要救济,我十分不解地问,200元的救济款和500元的扶贫贷款,怎么半个月就花光了?不是让你做些生意吗?赵军一脸苦笑,700元钱到手就没了。书记呀,实不瞒你,卖血卖惯了,什么都懒得做了,做什么也没有卖血省事。面对赵军的一脸苦笑,我只能是一脸无奈……

近日,笔者对我们单位结对帮扶的36个贫困户进行了逐一走访调研,在走访中发现,有三分之一以上的贫困户自己对脱贫没有丝毫压力,反而不希望摘掉贫困户帽子。他们认为贫困户好,处处有优先。还有一些劳动力弱的贫困对象不知道自己能干什么,只求政府每年能给点救济,有个温饱就满足了,可见精神贫困比物质贫困更可怕。

"脱贫是一项长期艰巨的任务,要有打持久战的思想准备。扶贫先要扶志,要从思想上淡化'贫困意识'。不要言必称贫,处处说贫。"过去我们扶贫工作做的多是"输血",也就是下拨扶贫款、送钱送物等等,但这些并不能从根本上解决全面脱贫和部分返贫的问题。"输血"式扶贫不能解决长远问题,更不能解决根本问题。对于那些胸无斗志的贫困户,单纯地给钱给物自然不可行,单方面地灌输技术也不可行。随着各项精准扶贫政策措施的落实,各级党组织和扶贫工作队要牢固树立"扶贫先扶志,致富需治心"的扶贫观,扶起贫困人口自主脱贫的"志气",树立其共同致富的"信心"。

"人穷穷一时，志短短一生。"精准扶贫，首要在扶志。打开贫困对象的心结，不但要给贫困户必需的资金和技术，还要开启他们尘封的精神世界，促使他们真正警醒：人穷不能志短，要靠自己的双手自力更生。在扶贫送温暖的同时，要更加注重从思想上、精神上进行帮扶，引导贫困群众既心怀感激、好好珍惜，又有羞耻心、进取心，把接受扶贫作为强大的动力，以此鞭策自己，在借助外力的同时还要强化自身内在动力。大力弘扬"自尊自信、自强自立"的时代精神，引导贫困群众正确看待贫困，摒弃"等靠要"和消极思想，树立战胜困难的信心和斗志。贫困群众要迎着精准扶贫的号角，主动学技术、找门路，用自己的双手摘掉贫困帽，奔向康庄大道，回报社会。

**2016 年 12 月**

NANSHE DE QINGJIE

# 难舍的情结

# 难舍的情结

2004 年的秋天是一个收获的秋天。连续两年遭受自然灾害的沿淮人民,终于迎来一个果实累累的金秋时节。

也就在这一年秋天的一天,2004 年 9 月 19 日,我所供职的寿县九龙乡因区划调整,建制被撤销。我成了这个乡的最后一任党委书记,连同被撤销的九龙乡一起被载入寿县历史。

记得,9 月 20 日清晨,我一大早便回到办公室,认真整理着每份文件、书刊、档案……8 时 30 分左右,我与党政办主任办完了移交手续,驾驶员小蒋为我拎着仅有的行李——两床棉被,我跟在他的身后,缓慢地走出我工作了四年的办公室!

咣啷一声,我顺手把办公室门关上了,和无数次出入办公室关门的动作一样。但这次关上门的一刹那,我觉得喉头一阵发紧,鼻子一阵发酸……

毕竟在这工作了四年时间,四年哟,1000 多个日日夜夜。就在这两间办公室兼寝室里,我高兴过,痛苦过,思考过,也困惑过……但我可以毫不惭愧地说:在这里的一切喜怒哀乐,很少是因为个人的恩怨得失……

并乡后,我的新任职务还有一些法定程序需要履行。我一个人待在家里,但每天清晨依旧是 6 点半起床,还是习惯性地把公文包从楼上拎到楼下,再把笔记本、香烟等装进包里,然后呆坐在沙发上等待什么……记得中秋节前的一天晚上,我和老婆靠在床上看电视,当看到中央气象台预报 10 月 1 日以后,江淮地区有阴雨时,我一骨碌从床上爬起来,拿起电话拨通了还留在九龙工作的一位副乡长的手机:"明天一早你让各村通知一下,10 月 1 日后有阴雨,要抓紧抢收啊……"啪的一声,老婆把电话给我挂了:"你发什么神经! 是不是书记还没当够? 你现在算老几? 向谁发号施令? 不让人笑掉大牙才怪呢! 真是个官迷子。"

一连数日蹲在家里,闲得无聊,我拎起了已闲置多时的渔具包,准备去湖边垂钓一日,也算是潇洒一回。去什么地方钓鱼呢? 多年不曾如此悠闲了,一时还真的想不起来哪里有可以垂钓的地方。还是去九龙吧,一则去钓鱼,二则离开九龙已经十几天了,也很想回去看看。

于是,10月6日一大早,我骑上老婆的电动车,带上渔具出发了。

九龙乡紧挨着县城,出了南门便是九龙地界。田野里一派繁忙景象,机声隆隆,人头攒动。稻浪临风,更像一片金色的海洋。

"李书记回来啦!"听到一个熟悉的声音在叫我,停下车一看,原来是陡涧村村支书老吴。

"老吴呀,你干啥去?"

"去凤台县找收割机,今年丰收了,但眼下收割机特别难找。"

"哦!"我用力握了握老吴的手,"是要多找些收割机回来,抢晴日收割。到口的粮食了,一定要颗粒归仓呀!"

离开老吴,我钓鱼的兴致已荡然无存。原九龙乡是安丰塘灌区的末梢,水稻的收割季节较晚,稍误农时,就会影响小麦和油菜的播种。不知全乡收割得怎么样了。我不由自主地掉转车头,沿着环九龙乡的九里圩堤一边转,一边看。也不知走了多少公里,电动车突然不动了!没电了,这下可惨了,我得推着它走了。好在推了不远就遇见一辆三轮车,花上 10 块钱,连人带车拉回了家。一进门老婆便问:"钓的鱼呢?""嗨,钓啥鱼。我骑着电动车绕九龙转了一圈,想看看秋收进度,转着转着电动车就没电了……"老婆一脸无奈:"你呀你,你以为你还是九龙乡书记呀?真是官迷子,我以后就喊你官迷子算了。"

老婆由骂我"土包子"到"官迷子",也算是一个进步。老婆是在小镇上长大的,自然要比我这个"土生土长"的农家子弟要"洋"得多!以前老婆经常啰唆我"土",并总结归纳出两个明显特征:一是一身农民习气。老婆最不能容忍的是我经常不洗脚就上床睡觉和端着饭碗串门子。二是说话的话题总是离不开农村和农民。老婆经常告诉我,这个歌星走红了,那个大腕离婚了,我总是左耳听右耳出,记不住一个。而我和她叙的话题,在她看来都是些"鸡叨白菜"的小事。所以老婆经常挖苦我是"满身的土腥味,土得掉渣"。

10 月 8 日,我正式到新单位上班,但一时难以进入角色,给我的感觉是浑身有劲没处使。10 月 17 日夜,久旱的寿县下了一场小雨,18 日一大早我便骑上电动车出城了。回来的时候老婆刚起床,望着满身泥泞的我疑惑地问:"你干什么去了?"

"嗨嗨,去了一趟九龙,看看昨晚这场雨后,地里的墒情如何。"

"九龙,九龙,九龙有什么让你这么难舍?是舍不得九龙的人,还是舍不得你那书记的位子?"老婆真的生气了!

是啊,我人虽离开了九龙,离开了农村和农民,魂却留在了那里!到底是什么让我难以割舍,我也说不清楚。看来,我这个农民的儿子一辈子也去不掉那浓重的"土腥味"……

# 回　母　校

　　母校，这是一个十分容易让人心潮起伏、神魂颠倒的字眼！一个校友的情感，回忆、联想、甜蜜、惆怅……情到深处，人便脆弱得不能自持。当我再次回到阔别 12 年的母校时，心头涌起的就是这样的情绪。我初中曾就读于两所学校，初三时我转到当时的安丰中学，现在的安丰高级中学就读。说来也巧，从母校毕业 10 年后，我又回到母校所在的镇任副镇长，而且还分管教育，只是这个时候母校已改为高级中学，不属于镇政府管辖范围。所以，虽然与母校同在一个镇上，但回母校的机会还是很少的。在我的记忆中，母校坐落在村庄的深处，四周为烟火人家，鸡犬之声充盈于耳。校内有菜园，时有新鲜果蔬摇曳其间。师生多朴素勤勉,友善相待。当年的母校虽然园丁们十分勤劳,含辛茹苦,但校园环境较差,办学条件简陋。校园的中间是一条贯通南北的砖块路,路的东边是一块不大的操场,西边便是八栋砖瓦结构的校舍。想起母校,就想起弥漫着庄稼芳香的乡间小道,想起沾满露水的脚步,想起向日葵一样朴素真实、生命力强盛的笑容——这笑容生长在母校老师们的脸上、心里,生长在学子们稚嫩却茁壮的臂膀里,生长在母校平凡又峥嵘的岁月里! 离开安丰 12 年来,我须臾未敢忘记故土、忘记母校。今年春,出差途经安丰镇,怀旧之情油然而生,便决意返回母校看看。

回忆总是那么美丽,犹如朝阳下闪动着光芒的露珠,也如成功后脸上灿烂的笑容。母校储藏着我那么多宝贵的回忆,怎么能够忘记呢? 然而今天,当我走进母校时,母校的巨大变化让我赞不绝口,叹为观止! 眼前的美丽顿时替代了回忆中的美丽! 10 多年来,在王文永校长及学校领导班子的共同努力下,母校发生了翻天覆地的变化! 校前大道现在已与镇上的商贸街融为一体,四周的农庄已经迁走。目前学校已发展成为占地 180 亩,校舍建筑面积达 4.5 万平方米,有 60 个教学班、170 名教职工、4000 名学生的规模较大的农村中学。莫闲楼、春茵楼、图书馆、问源楼、撷英楼、梓楠楼、男女生公寓等 16 栋大楼错落有致,鉴心池碧波荡漾,凌云桥、金穗桥遥相呼应！尤其是花园般的校园环境、别具匠心的校园规划,让你既有置身于高等学府的感觉,又有游览公园的惬意！在安丰这个不算繁华的小镇上,母校的确是一道亮丽的风景线,为小镇平添了几分"姿色"。近年来,学校千方百计筹措资金3000多万元,兴建了多媒体演示室、文化长廊、语音室、物理实验室、化学实验室、生物实验室、生态标本室、课件制作室、电子阅览室、多功能报告厅、学生活动大厅等一大批教学教研场地,相继建成并开通了中央教科所华教远程教育网、校园局域网、安丰高中网站等。学校图书馆藏书20万册,电子图书馆藏书8万册。去年,400米塑胶跑道运动场、多功能体育场又相继建成并投入使用。如今,校园内绿草茵茵,红紫芳菲,高楼林立,远看似繁华都市;小桥流水,近观如水乡江南！

　　春风既已荡寰宇,鲜花必将满枝头。母校的教职工们以豪迈的气概、务实的精神,用勤劳的双手、辛勤的汗水,创造出了骄人的业绩！2000年以来,安丰高中先后获得市级文明单位、省第六届文明单位、六安市花园式学校等一系列殊荣。2003年以来,升学率逐年提高！

　　"非固本,无以成栋梁之材;舍育德,安能副树人之旨。"母校虽然坐落在远离都市的乡村小镇,但近50年来,它植根于这片沃土,吮吸着楚文化的玉液琼浆,秉承着灿烂的淮夷文化,通过几代人的辛勤耕耘,发展壮大成为今天名重一方的市级示范高中,为祖国培养和输送了数万莘莘学子!校友们感谢你们,家乡人民感谢你们——尊敬的母校园丁们!

2006 年 5 月 18 日

# 良师与情缘

早在 20 多年前,也就是 1987 年,我和《皖西日报》(当时还叫《皖西报》)就结下不解的情缘。

这一年,正是文学热把整个华夏大地燃得高烧不退的时候,也就在这一年,在寿县的一个穷乡僻壤,我和几位同样做着文学梦的热血青年凭着一腔热情组建了 甘泉文学社,并创办了《甘泉》杂志。一帮文友也许是看我面目尚不可憎吧,一致推举我任《甘泉》杂志的主编。当时我们这些人一无经济基础,二无创作经验,用那时的一句很时尚的话说,"都是没有见过铅字的愣小伙子"。而我个人,当时对文学仅仅是爱好而已,连一知半解都算不上!这样,我们把希望的目光一致投向了当时的《皖西报》,

义无反顾地选择了《皖西报》作为我们的阵地和良师！

　　20 多年来，《皖西日报》越办越精彩，办出了革命老区特色。而在我 20 多年与贵报的交往中，有许多难以忘怀，每每想起便让我心潮起伏、为之动容的往事！

　　初识《皖西报》是 1987 年，这一年贵报发起"风华"报告文学征文活动时，我的报告文学《企业的希望》第一次上了贵报，我也因此认识了当时的文艺部主任徐航老师。他对我这个第一学历只有初中肄业的"泥腿子作者"，不仅没有另眼看待，而且还关怀备至。他知道我文化低、写作基础差，经常来电来信或当面悉心指导我写作，鼓励我要有锲而不舍的精神。在稍后一段时间，我又认识了当时的总编刘家松、副总编芮重庆及翁良道等老师，并与他们结成"忘年交"！1991 年，寿县遭遇了百年不遇的洪涝灾害，大灾之后的报纸发行工作十分艰难！时任《皖西报》总编室主任的翁良道老师来寿县开展报纸发行工作，我当时供职于县邮电局。我和县委宣传部的一位同志一起陪同翁良道老师跑发行，我们三个人，一辆吉普车，一路欢声笑语，整整半个月的时间，我们创造了《皖西报》发行史上的奇迹，当年寿县订了近一万份《皖西报》。半个月的朝夕相处，我与翁良道老师也成了忘年挚友！20 多年来，我还有幸认识了翁朝晖、鲍琼、吴伟、徐缓、文济齐等一批编辑、记者,与他们结下了深厚的友谊,成为情同手足的好朋友! 20 多年来,我被《皖西日报》录用的稿件有 200 余篇,其中,小说《门灯》,散文《田头歌舞》,通讯《众望所归》《万众评三户 荣辱系民心》等作品分别荣获省、市好作品及好新闻奖,我连续两年被报社评为优秀通讯员。回首往事,我清楚地知道,这些成绩的取得,固然有自己的不懈努力,但更离不开报社众多编辑、记者多年来给予的悉心指教和帮助。

20 多年来,最让我心潮激荡的还是贵报组织的几次笔会。其中,1990 年 11 月"安丰笔会"是由我们甘泉文学社与《皖西报》文艺部共同举办的。这次笔会举办得十分成功,邀请了省内 10 多位知名作家和全市 60 多位文学青年。会议历时三天,从石集开到安丰塘再到寿县,闹得轰轰烈烈。一份报纸,让我们这些喜欢侍弄文字的年轻人走到了一起,我们在这座散发着墨香的庄园里,挥洒着青春,收获着希望。

20 多年来,阅读《皖西日报》成为我的一种习惯,成为每天的必修课。20 多年与报纸天天见面,如良友那么亲切熟稔。激励我年年月月走笔行文,歌唱新时代的潮流澎湃,歌唱新生活的五彩缤纷。20 多年与《皖西日报》朝夕相伴,它伴我度过流金岁月,留下太多太多的美好回忆! 在它 60 生日即将到来之际,我真诚地献上一份美好的祝愿,祝愿贵报能伴随皖西改革的步伐,与全市人民一道昂首走向更加辉煌的明天!

2008 年 10 月 23 日

# 寻梦鹤顶山

对于一个游子来说,最刻骨铭心的思念莫过于对故乡的思念。无论他的故乡是怎样的贫瘠落后,怎样的名不见经传,但"故乡"二字对每个人都有着非同一般的意义和内涵!我 18 岁离乡从军,那种思乡之情是无以言表的。而当我退伍后,对第二故乡——生活战斗了两年的鹤顶山的眷念丝毫不亚于当初对故乡的思念。

鹤顶山是浙闽边界一个名不见经传的"穷山",海拔 1080 米。它没有苍松密林,也无奇峰怪石,是一座平平常常的石山。就是这座再平常不过的"穷山",却一直让我魂牵梦萦!离开它 23 年,8000 多个日日夜夜,那里的一草一木时时牵挂在我心间,常常搅得我心灵颤动,感情激荡!有多少次,我梦中醒来仿佛身在云雾缭绕的鹤顶山上。重上鹤顶山已成我梦寐以求的渴望!

2005年金秋,我携妻带子,揣着无数梦想,回到了阔别23年的第二故乡。

还在温州工作的两位战友从朋友处借来一辆轿车,我们沿着崎岖蜿蜒的山道,一路欢声笑语开到鹤顶山下。快要看到鹤顶山时,我的心一下子提到了嗓子眼!多少回,站在家乡的高处,翘首东南,遥望天际,希冀着它的雄姿浮现;多少次,在梦中搜寻着久远的记忆,醒后还细细品味着它那朴素的容颜!今天终于回来了,回来了!远远望去,鹤顶山山峰依旧,它虽无绰约丰姿,但傲然屹立,拔地擎天。

我的老部队原驻在鹤顶山的顶端,是一个独立营的建制,1983年全军整编时整建制被撤销。我们的车子顺着盘山公路一直朝山顶开去。车窗外,一块平常的菜地,一间破旧的茅屋,都能勾起我绵绵的情怀、联想……大约开了半个小时,车子在我们老营部的门前停了下来。我带着妻儿和两位战友走进营部的大门。让我大失所望的是,当年号角嘹亮、充满生机的军营,眼下已是一片荒凉。伸向营部办公楼的石阶上已长满杂草,当年的哨卡已被拆除,训练场上搭满了草棚,改成了蘑菇养殖场,所有的营房均已破旧不堪。眼前的情景让我感到几分心酸、几分失望！但怀旧的激情依然让我兴趣盎然。我指着一栋栋破旧的营房，兴奋地告诉老婆和儿子：这里是当年的炮台，那里是当年的饭堂……东拐西转，终于找到了当年我们无线班的营房。房子已塌了一半，青苔爬满了石墙。就在这残壁前我与同来的两位战友合了一张影。我牵着儿子的手，顺着不规则的石阶向鹤顶峰缓慢攀登。所谓鹤顶峰就是在山顶最高处的一块突兀的岩石。从我们的老营部到鹤顶峰约有 2 公里的路程，我们营的一、二、三连原来就分段设防在这 2 公里的山路上。由于地处东南沿海，当年这段路上全是哨卡和工事，如今已完全没有了当年厉兵秣马的景象。一连驻地已改成茶场，二连、三连驻地则改建成了风力发电站。儿子问："鹤顶山有瀑布吗？"我说："没有。""有像黄山那样的奇峰怪石吗？""没有。"儿子没劲了，说："鹤顶山一点也不好玩。"是的，鹤顶山就是一座十分平常的石山！草木是平常的草木，不娇不艳，但四季不败；山石是平凡的山石，不奇不怪，但有棱有角。说它平常，但它又有不平常的地方，从中华人民共和国成立到 20 世纪 80 年代中期，30 多年来，这里一直是戒备森严，屯兵备马。有多少中华优秀儿女的青春岁月是在这座平常的石山上默默度过的。

走了大约有 1 公里的路程,儿子嫌累不愿上了。我指着鹤顶峰说:"儿子,看看这座山峰像什么?"儿子愣了半晌说:"像个站着的人!"我眼睛一亮:"好儿子,你真聪明!鹤顶峰就像是一个傲然的哨兵。"儿子一听来了劲,扯着我的手一路小跑登上了鹤顶峰。

站在鹤顶峰上,遥望烟波浩瀚的台湾海峡,我不由得心潮起伏,感慨万千。当年刀光剑影的鹤顶山,如今已是炊烟四起,改作"寻常百姓家"。虽然两岸的天际中已出现了友谊的彩虹,但海峡上还未风平浪静,现在是否能"刀枪入库,马放南山"?

2005 年 11 月

# 检徽,永远在我心中闪耀

2007 年 2 月 13 日,是我终生难忘的一天! 就在这一天,我脱下多年来使我感到无比自豪的检察服,告别我先后两次共工作了 5 年的寿县人民检察院,走向新的工作岗位。

正巧赶上这天下午检察院召开新春茶话会,张文波检察长风趣地说:"巧合了,这也算是送你走的欢送会了,所以你一定得给大家讲几句。"当时我有点矛盾心理:又想讲,又怕讲,讲多了耽误大家时间,还容易动情失态,讲少了又不足以表达我此时此刻的心情。因为此时此刻有太多的回忆、太多的感慨! 记得平时也曾引用过"望天空,云卷云舒,宠辱不惊;看窗前,花开花落,去留无意",这回真的要离开我先后工作 5 年之久的检察院,舍下自己十分爱恋的检察事业而去,千般情悠悠,万般思绵绵,突生出难以割舍的心情。毕竟这么长时间了,哪怕是一块石头,也会生出温馨情感!

我是1994年9月调进检察院工作的,1997年因工作需要又调出检察院一段时间。弹指间13年过去,蓦然回首,那一个个、一件件的人和事,像过电影一样,在脑海中频频闪过,成为我心中最珍贵的历史镜头。

1994年初到检察院的时候,我刚届三十,虽已不再是豆蔻年华,但也算得上风华正茂。那时年轻气盛,不服输,不服人。记得当时院里分配我到监所检察科工作,我想不通,就找到当时的一位检察长讨个说法。这位领导语重心长地说:"小李呀,你毕竟刚到检察机关工作,不懂业务,先学习一段时间再说吧。"听领导说自己"不懂业务",当时根本无法接受,就顶撞了一句:"检察院是造原子弹的吗? 如果是那个业务,我的确学不来的。"气得这位检察长火冒三丈! 现在回想起来,当年真是有些不知天高地厚。好在检察院的同事们以极其宽广的胸怀,包容了我的性格缺陷。正是他们的包容和帮助,才使我从一个外行、一名助理检察员,一步步走到副检察长的岗位。临别之际,想起那些与我并肩战斗、风雨同舟、风险共担的战友,情谊无限,一言难尽。

2004年我重返检察院时，已到了不惑之年，虽然年龄增加了，但性格缺陷还是十分明显。我这个人性情急躁，主观任性，往往不拘小节，不照顾情面，不考虑场合，无意中就把人给伤害了。我借此机会向在5年间受过我批评、伤害的同事们致以深深的歉意。对个别因工作原因对我有怨气、有牢骚，甚至骂过我、恨过我的同事，我也怀着真诚的谢意。是他们的不同声音、不同要求、不同动作，使我更加谨慎行事，更加鞠躬尽瘁，不敢怠慢，从而使我的工作经验有所增加，人格修养有所完善。我在学会感激的同时，也学会了忏悔。我相信，数十年后，大家回首往事时，我们的友情仍历久弥新，维系数十年而不会改变。我经常想到，中国有13亿人口，世界近60亿人口，只有我们有幸走到一起，这是一种缘分，有缘才相聚，值得我们好好地珍惜。

人们常常感叹人生苦短。人的一生难得成就几件大事，在检察机关先后工作5年有余，自己总觉得没为检察事业做出过任何值得回忆的事情，也没有干成一件能载入检察史册的工作。检察事业是美好的，我也十分热爱检察事业，但"人在江湖，身不由己"，组织上决定让我离开，我还是要愉快地走向新的工作岗位的！人生哲学告诉我，不会消失的不是幸福，没有痛苦的不是生活。对检察事业的情愫犹如遮不住的青山隐隐，流不断的绿水悠悠。作为一名老检察干部,我今后仍将时刻关注检察事业,时刻惦念着与我朝夕相处 5 年的战友和同志们。检徽,将永远闪耀在我心中!

2007 年 2 月

# 五 十 感 怀

　　不知不觉,我已走过了五十个春夏秋冬,步入了知天命的行列。"锦瑟无端五十弦,一弦一柱思华年。庄生晓梦迷蝴蝶,望帝春心托杜鹃。"晚唐著名诗人李商隐的这首七言律诗辞藻华丽,情意缠绵,景象迷离,含义深邃,但诗的中心思想究竟是什么,一直存在争论,成了文学界的"哥德巴赫猜想"。但诗的前两句"锦瑟无端五十弦,一弦一柱思华年",还是语意明了,表示了作者对自己无端到了 50 岁而感到心惊和出乎意料。由此可见,作者到 50 岁时,回首往昔,感慨万千,对逝去岁月表现出深切的怀念! 如果把人生比作大自然的四季,那么人一到 50,就意味着充满生机活力的春季、阳光明媚的夏季,逐渐与自己远离,已走到了灿烂的生命之秋。童年时虚幻的梦想,青年时追寻的理想,中年时空怀的抱负,都已成过眼烟云。静下心来,读着这50年人生历程厚实的无字之书,给我更多的是对人性的感悟和觉醒!

人的生命过程要说漫长,无法用文字表述;要说短暂,那只是一呼一吸的瞬间。悠悠岁月,岁月悠悠。50年的平凡岁月,历经风雨,几多感慨,几多遗憾,每一天、每一月、每一年都在我的人生旅途中留下了深深的记忆。虽然没有波澜壮阔的人生履历,但也有如歌岁月,流金年华!经历了一个个骄阳似火的夏,走过了一个个清爽如水的秋,送走了一个个霜重凝寒的冬,迎来了一个个如诗如梦的春。如今,站在50岁的门槛上,目送着渐去渐远的青春年华,留下了许多如烟的往事和值得回味的过去。认真俯视和回首自己所走过的路,总觉得人生之路是"弹指一挥间",匆匆地来,又匆匆地去,时光的飞逝似流水,快得让人无法招架。童年的无忧无虑和少年的浪漫天真,仿佛就在昨天。但儿时的光阴即使再美好,也只能储存在我记忆的光盘中。50岁的我对往昔的追忆中,有奋斗的艰辛,有成功的喜悦,有失败的痛苦,也有深深的自责和太多的遗憾!

我生在农村,长在农村,祖宗八代都是农民。15岁刚读完初二赶上大包干,家里分得了5亩地,把父母高兴坏了,说啥也不让我再读书了！自己虽然是一百个不愿意，但父命难违，只好辍学回家种地了！1980年，一个偶然的机遇，我家户口农转非了！地没了，17岁的我去供电部门当了学徒工。18岁又当兵去了祖国南疆。20岁那年我退伍，被安置在一个镇上的邮电支局当了报话员。由于过早结了婚育了女，我三十几块钱的工资要养活一个三口之家，日子过得虽然清苦，但很平静。后来一个朋友的一句话，改变了我的人生！当时一位在乡政府工作的朋友调到公安局派出所了，穿着一身神气又耀眼的警服来看我。我羡慕极了，就半开玩笑地说："哎，老弟，够上谁了？想想法子把俺也调到你们公安系统可好？"这位朋友不无嘲讽地说："你不够格呀，你是工人身份，我是国家干部。"朋友一句不经意的话，对我震撼很大！当夜我辗转难眠，第二天一早便跑去县城，找到了一个在人事局工作的远房亲戚，问他工人如何才能转为国家干部。这位亲戚告诉我，工人想转干，目前只有取得大专学历才可以。当时要想取得大专学历有三种途径，一是参加成人高考，二是上函授，三是参加自学考试。而以我当时的经济条件，只能选择自学考试！只读过五年半书的我，以顽强的毅力，用三年的时间考完了汉语言文学专业全部课程！有两件事情我至今都难以忘怀：一件是1985年10月，我怀揣10块钱，骑自行车到60公里外的六安参加自学考试。住的旅馆是两块钱一晚,在一个书店里,我看到一本参考书很有用,便花两块六角钱买下了。身上只剩两块钱了,有住店的就没有吃饭的,第二天还有一门课要考。没办法,我推着自行车来到了南门菜市场,就在菜案上睡了一夜,多亏一位好心的卖菜大姐借了一床棉被给我!第二件事是1986年4月,我和一位与我一样贫穷的好友结伴去六安考试,为了省钱,我俩只开了一张床。开始服务员坚决要把我俩赶走一个,在我们的一再哀求下,这位服务员终于发了善心,不仅没撵我们走,还为我俩送来了一个枕头!

就在我历经千辛万苦考完所有科目,兴高采烈地拿到毕业证时,政策变了!"五大"毕业生需下乡锻炼三年后才能转干!

于是1988年1月,我来到了寿县一个极为偏僻的小乡任乡长助理。半年后一个偶然的机会,我当上了副乡长!25岁当上副乡长,可以说是"少年得志"!我当时有点飘飘然了,不知道自己今后能当多大官呢!为了所谓的前途,我开始拼命工作。由于功利思想作祟,当然也与当时的大环境有关,我曾做过不少让我深感内疚的事情!在那个为抓计划生育和税费征收一度奉行"一牵猪,二拉羊,三砍树,四扒房,上吊不夺绳,投井不拉人"的年代,我自觉不自觉地跟着干了不少"坏事"!虽未牵过农民的猪、拉过农民的羊,但因税费征收我也上门强行扛过农民的粮食;为抓计划生育曾强行逮过"四项手术"对象;因集镇建设扒过群众的房屋,虽然大多是违法建筑,但老百姓垒个窝也是非常不易的!最使我不能原谅自己的是,当年分管政法时,因处理治安案件还打过当事人!有两件事情让我至今不能释怀。一件事是1989年的秋天,辖区一位女青年结婚当天因彩礼不够而迟迟不愿出门,男方迎亲的心急如焚,而女方坚持不补齐彩礼就是不出门!新郎一气之下放火点着了女方的房子,女方到乡政府报了案。我带人赶到现场,查看了情况后,认为事情不是太严重,第一,房子只被烧了一小块,火就被扑灭了;第二,新郎也是一时冲动所为;第三,毕竟是准女婿和准老丈人家的事。于是我叫来了村书记,让他出面调解一下,并严厉训斥了新郎,让他向准老丈人道歉。没想到这位新郎当时情绪太激动,不但不听我训斥,还对我破口大骂,说我管他家务事了!我一气之下,把他移送给了公安机关。这事说小真是小事,在村一级调解了没有什么大不了,但一旦进入法律程序,是典型的放火罪,而放火罪的起点刑就是三年!这位新郎被判了三年刑,女方退了亲!时间不长,我调回县城了,但一直在关注着这个青年的结局。时隔数年后,当我听到这位青年刑满释放两年后又因强奸罪再度入狱,心里很不是滋味,深感内疚和自责!如果我当时能冷静处理这件事情,可能会改变这个人的一生!第二件事情是1990年的春天,一位区里的领导来乡里检查工作,晚上喝醉了,就睡在乡里的接待室里。凌晨1点多钟,这位领导在乡政府大院内大喊我的名字,我赶紧爬起来问领导有啥事。这位领导的回答让我啼笑皆非:"李乡长,你这乡政府里这么多蛤蟆乱叫,吵得我睡不着,你让乡干部都起来去给我逮蛤蟆。"乡政府四周都是农田,夜间青蛙叫声不绝于耳是很正常的事!我知道他喝醉了在讲酒话,便敷衍他几句就回寝室了。但这位领导不依不饶,不停地踢我寝室门,大骂我不听他的话,还说要撤我的职。我实在是气极了,天一亮我跑到区里,向区委主要领导汇报了此事。区委主要领导听后既震惊又气愤,在大会上点名批评了这位区领导。这位年近退休的区领导认为丢了脸,在家哭了几天!这是我50年来唯一一次打人小报告,给他造成这么大影响,我心里十分不安!我一直想找个机会向他道歉,但没遇到合适场合。几年后我得知这位老领导得癌症病逝了,内心十分愧疚!

这些年来,作为一名行政干部,我的确做了一些伤害他人的事情。虽然这些事情很多都是被动去做的,我从未有心去整过或害过任何人,但事实上都对别人造成了伤害!对干过的这些事,不能简单地以"年轻"为自己开脱,也不能以当时的"大环境"不好为理由,主要还是自身问题,是在功利思想的驱使下,个人主义在作祟! 在这里,我从内心深处诚恳忏悔,并真诚地向所有受过我伤害的人说声对不起! 不求你们理解和原谅,只望你们把这种仇恨渐渐淡去!

俗话说,五十而知天命。人到了50岁,已经开始进入老年,进入生命的后半段了,应该一切淡定,真正具备一颗平常的心。当了20多年的科级干部,看着一个个下属成了领导,我从未有任何不平衡的感觉,而且还打心眼里为他们高兴! 历经50年的磨砺之后,我早已不被名利所迷惑! 争强好胜的攀比、满足虚荣的卖弄、劳神费力的较劲以及那些世俗的说长道短,在脑海里渐渐地淡去。我开始活得更加清醒、更加豁达、更加开朗、更加厚重、更加从容。不再与人斤斤计较,更不愿与任何人结怨,即使是害过我的人,我也能用一颗宽容的心去对待他,甚至以德报怨! 任尔潮起潮落、风来雨去,开始渐渐地坦然面对人生的沧桑、世事的嬗变,守住内心的宁静,宠辱不惊,云淡风轻,笑看人生。因为我深深懂得,广厦千间夜眠八尺,粮田万顷日食三升。任何东西都是生不带来死不带去的,荣华富贵犹如过眼云烟,只有享受自己创造的财富,才吃得香睡得稳,不必担惊受怕。要学会永远保持一颗童心,以好奇的眼睛去不断发现这世间的冷暖变化,感悟生命的美好,学会以感恩的心态面对生活,心安理得地享受每一天生活带来的乐趣。

黄昏的夕阳总要落下,我或许还没有到望着夕阳回忆的年纪,但还是会情不自禁看那染红了的天边,想象着苍老的音乐,想象着那些伴着蹒跚脚步的曲子!

2013 年 3 月

# 风雨八年卫生路

就在 2015 年春节即将到来之际，我接到离职调令。很快要离开自己工作了 8 年零 6 天的卫生局，离开与我并肩战斗的同事们，我此时的心情颇不平静。人非草木，孰能无情！一时间心潮起伏，思绪万千！在茫茫的人生大道上，随着时间潮流，我掀开一页又一页日历，也有过多次告别，但这次却不一样，毕竟在这里工作了 8 年啊，2900 多个日日夜夜！8 年，风雨兼程，一路走来，有太多难以忘怀的往事，太多难以割舍的情结！这里有关心爱护我的各位老同事，有给予我无私帮助、与我朝夕相处的兄弟姐妹，是你们的教诲，让我这 8 年光阴没有虚度；是你们的扶持关照，让我在风浪中勇敢前行，度过了值得终生回忆的无悔岁月。虽然 8 年时间十分漫长，但卫生局良好的工作环境，同志们朴实的工作作风、热情真挚的情感，都给我留下了永不磨灭的印象，也让我丝毫没有感到 8 年的漫长！此时此刻，无论多美的语言，都表达不完我对你们的感谢之意；无论多么动听的声音，都诉说不尽我对你们的感激之情！今天，虽然我的人离开了卫生局，但我无论走到哪里，心仍然在这里，寿县卫生局将永远是我魂牵梦萦的地方，每一位同事都将是我相知相交的终生朋友。我将怀着感恩的心，永远心系寿县的卫生事业和各位同事！

记得 2007 年 2 月 3 日，我从县检察院调到卫生局任局长，在见面会上，我曾表态要"以局为校和以局为家"。意思是我作为一名卫生战线的新兵，要以卫生局为学校，学习新业务；作为卫生局局长，则要以卫生局为家做好卫生事业！8 年来，我践行了自己的诺言，从一个外行，不敢妄言已成为内行，但起码很快熟悉了卫生管理的基本知识。8 年来，我与我的同事们共同面对了一件件惊心动魄的事情，一个个风起云涌的场面！我从未退缩过！我怎么也忘不了 2007 年的庙会踩踏事件救治和大水后的救灾防病，忘不了 2008 年的腮腺炎和手足口疫情，忘不了 2009 年的甲流防治和三聚氰胺筛查，忘不了 2010 年的基层大医改和 2012 年的县级公立医院改革，忘不了县医院整体搬迁的动人场景,更忘不了一次次处置医闹的艰难与辛酸!每当我看到卫生民生工程受到上级表彰时,看到一座座拔地而起的乡镇卫生院业务大楼时,看到一个个历经周折建起的村卫生室时,看到两座高高兀立在新城区的县级医院住院楼时,我的内心都感到一丝欣慰和满足!而在离任之际,当得知全县医疗业务收入8年翻六番,医疗业务用房8年翻五番的可喜成就时,我也平添了几分心安!

人非圣贤。在过去的8年中,由于我的能力和水平有限,性格缺陷较大,不大会处世,所以,在工作中,也留下许多缺憾!比如在人事制度改革方面,8年来,为了引进卫生人才,我忍辱负重,委曲求全,甚至不怕被领导误解,苦苦争取,但卫生系统人才严重匮缺的现象仍然没有得到根本改变!众所周知,改革开放初期,受冲击最大的是基层医疗网络。到1990年前后,全县60%以上的乡镇卫生院和95%以上的村卫生室瘫痪解体,大部分乡村医生外出打工或在家单干。当时卫生院的人、财、物三权全在乡镇政府,基本处于无人管的状态。2003年"非典"爆发后,各级开始重视基层卫生工作了,国发〔2003〕52号文件出台后,各地乡镇卫生院的"三权"开始陆续上收。此后,虽然大部分乡镇卫生院获得重组,但由于财政没有投入,医技人员严重匮缺,因此,重组后乡镇卫生院大都是惨淡经营,入不敷出。而真正使乡镇卫生院起死回生的是 2007 年的新农合政策。从 2007 年开始,各家乡镇卫生院纷纷招聘医护人员,但当时的卫生院一没有定编,二没有确定单位性质,完全是自收自支,自负盈亏。在 2010 年基层医改前,没有任何单位和部门过问过乡镇卫生院的人员招聘事宜。2007 年以前卫生院不需要人,没人关注这一问题。2007 年后卫生院业务突增,不仅各个卫生院随意聘人,能够"卡得住"卫生院的单位和部门负责人也不断向卫生院安人。一时间,乡镇卫生院进人呈无序状态。为了规范乡镇卫生院人员招聘问题,在没有任何政策支撑的前提下,我顶着巨大压力,冒着政治风险,决定从 2008 年开始,卫生系统进人凡进必考,人事部门不愿为我们组织,我们卫生局自行组织。此举侵害了一部分人利益,让部分人丧失了安排人的权力,于是受到不小的非议。有的人对卫生局自行组织招考横加指责,甚至有人歪曲事实告到领导面前,以致个别领导至今对我还存有误解。但心底无私天地宽,对此我从未解释过,清者自清,自有公论!值得欣慰的是,2014 年上半年,通过我们不懈的努力,终于为两家县级医院争得了用人自主权!8 年来,我虽殚精竭虑,"力尽关山",但还有许多没有做好的事情,许多未了的心愿!同时,由于我工作方法简单,批评人不注意场合和方式,8 年来,也无意中伤害过不少同志的情感,在此我深表歉意!

　　告别,是一首美丽而凄婉的歌谣!纵观历史,"莫愁前路无知己,天下谁人不识君"的告别是美丽而自信的,"劝君更尽一杯酒,西出阳关无故人"的告别是凄婉的,"请君试问东流水,别意与之谁短长"的告别是豪迈的,"花潭水深千尺,不及汪伦送我情"的告别是难舍的。而我离开卫生系统时的感情也是十分复杂的。虽然和同事们仍同在一城,没有天上人间的距离忧伤,但毕竟不能再和同事们朝夕相处!而且,我已过知天命之年,这个年纪让我到一个完全陌生的单位主持工作,一方面,我感谢组织上的信任,但同时也因力不从心而感到诚惶诚恐!在未来的岁月里,我不敢再有"竹杖芒鞋轻胜马,谁怕"的豪迈与激情,也不会有"一蓑烟雨任平生"的豁达,唯愿后半生是"归去,也无风雨也无晴"的平淡!

2015 年 2 月 9 日

# 情系洪家油坊

　　我的故乡在寿县中部一个极为偏僻的地方,它叫洪家油坊,我在这里出生,并成长到了 17 岁。洪家油坊虽然是一个小到地图上看不见、传记里找不到的小村庄,但故乡总归是故乡,对于每个人都有着非同一般的意义和内涵！它会勾起你绵绵的联想、情怀,会搅得你心灵颤动,感情激荡！对我来说,故乡,是照亮生命的那盏灯,是拨动记忆的那根弦。

　　有人说,故乡是儿时的旧梦。说这话的人一定有着和我一样深厚的故乡情结！岁月悠悠,故乡依旧。离开故乡虽然 30 多年了,但村庄的一切,一直萦绕在我的梦境里,它在我梦里永远是那么宁静祥和,却又充满希望和温暖。那些童趣盎然的美好时光,我都记得。那些儿时唱过的歌谣、抓过的泥鳅、放飞的纸飞机,还有仲夏夜里奶奶轻摇的蒲扇,一幕幕在我脑海重复播映着。有关童年的点滴,一直在我记忆的谷仓里储存着。故乡给我印象最深的景致就是那片古老的柿树园了。那片离我家约500米的柿树园曾是我和小伙伴们玩耍的天堂,柿树园占地二三十亩,有几十棵生长了近百年的柿树!每年柿树结了柿子,还没熟的时候我们便爬到树上去摘,然后埋在稀泥里沤上几天,拿出来吃又脆又甜!可惜这片古老的柿树园在1979年农村土地承包时被挖掉复耕了!

　　虽然我离开故乡后一直在本县工作,但由于是举家迁走,所以离开后几乎没回来过。尤其是近20年,俗务缠身,无数次路过家乡,但始终没有进村看看!今年秋天,我应家乡一位战友邀请,回乡参加他儿子的订婚宴,午饭后陪一位同事聊天聊到了洪家油坊,突发强烈的回老家看看的愿望。于是在这位同事的陪同下,我开车回到了自己的出生地——洪家油坊。车子停在村村通的公路上,我远远看见村庄里已不见了一栋栋土墙草顶的农舍,老村子里房屋已经扒得没有几间了,沿着村村通的公路两边建起了许多二层楼房和平房。老村子一部分改成了农田,一部分还在荒废着。无须辨认,我一下子就找到了我家老宅地。

我家老宅子当时在村里算好的,有一米高的砖墙跟,搬家时卖给了一个亲戚。可能当时砖墙跟砌得比较结实,所以我家的老房子还没有完全被扒掉。我站在房子的残垣断壁前,看着门前那棵我亲手栽下的老柳树,阅尽沧桑,虽老态龙钟,但仍枝叶葱茏。此时此刻,一幕幕童年的往事在我脑海里飞快掠过!

　　我家祖祖辈辈耕田种地,中华人民共和国成立后父亲当上了乡干部,家也就随父亲搬到集镇上。但过惯了农村生活、习惯了养鸡喂鸭、看惯了袅袅炊烟的母亲,在集镇上怎么也过不自在。1958 年冬天,父亲带民工外出大炼钢铁,一走就是两年多没回家,母亲每天到瓦西干渠工地抬石头,才能从食堂换回 6 碗稀饭,回家后全部分给我 70 岁的奶奶和哥哥姐姐吃,母亲总是骗奶奶说自己在食堂里吃过了,然后外出挖野菜充饥,常常一天见不了一粒米!就这样,母亲得了严重胃病。1963 年春,农村分田到户了,饿怕了的母亲怎么说也不愿待在集镇上了。她瞒着父亲,带着奶奶和我 9 岁的哥哥及 6 岁的姐姐搬回了她的老家——洪家油坊。不久,我便在这里出生了。在我出生后的第二年,土地又收归集体所有,洪家油坊变成了油坊生产队。不过,我们生产队当时在全公社算最好的生产集体,生产队就在瓦西干渠边上,旱涝保收,加上队里集体经济发展得比较好,到 1970 年前后,生产队里已经办起了染房、养猪场、米面加工厂、轧花厂,还有个小油坊。因此,工分值最高达到过一毛五分钱一分工,也就是说每个整劳力,每天十分工,可拿到一块五毛钱。这在当时是一个 23 级国家干部的收入。所以那时在全公社里都流传着油坊生产队的劳动力等于 23 级干部的说法。周边村里的小姑娘都纷纷要嫁到油坊队来。

在我记事的时候,哥哥已经出去上中专了,家里剩下我和姐姐陪伴着年迈的奶奶和多病的母亲。由于我们队里工分值钱,我家劳动力弱,工分挣得少,每年都要向生产队缴纳 100 多块钱的透支款才能分到应得的粮食。所以,为了多挣工分,母亲长年带病参加生产队劳动,年仅 11 岁的姐姐也在队里评了工分,参加劳动了。母亲想让姐姐上学,可是奶奶一是过于看重工分,二是重男轻女思想严重,对母亲说:"丫头家要识那么多字干啥?都能数到 100 了,还念什么书呀?俺家连人带猪不过七八口子,识个数,知道个大小就行了。"奶奶在家里一言九鼎,姐姐自然没上成学。姐姐天资聪颖,虽然一天学没上过,但有文艺天赋。有一次,生产大队搞歌咏比赛,兄弟队高喊:"油坊队来一个!油坊队来一个!"油坊队半天没人接招,这时姐姐站了出来,一曲《提篮小卖拾煤渣》让全场人震惊! 此后,凭着在生产队的"红夜校"

认识的几个字,姐姐便到生产大队的文艺宣传队演戏了。姐姐14 岁那年便评到了七分工,为了多挣工分,姐姐每晚都到大队的文艺宣传队参加排练或演出。

1972 年春天,淮南市的五名城市下放知青来到了我们生产队。知青的到来为偏僻落后的乡村带来了现代文明,古老的村子从此活跃了起来。祖祖辈辈围着锅灶转,没出村子边的乡下人,一下子与城里人零距离接触,听到许多新鲜事。许多人第一次看见了的确良衣服、大白兔奶糖等。村里的青年们脱下了祖祖辈辈穿惯了的粗布衣衫,换上了知青们从城里代购回来的腈纶运动衫,学会了吹口哨,爱上了打太极。晚上,知青组总是最热闹的地方,一大群男女老少围在那里听知青们讲城里的故事,跟他们学唱歌。姐姐是最大的受益者,姐姐凭着她的天资,在几个知青的帮助下,不光学会了作曲,还学会了作词。姐姐 16 岁那年自编自唱了一首《红太阳照亮了安丰塘》的民歌,从公社唱到区里、县里,并参加了南京军区民兵会演,一时小有名气。县里和专区的剧团都来要我姐姐,但一听说姐姐一天学校门没进过都表示无奈了!即使这样,姐姐 17 岁那年还是被破格招工走了。姐姐走后,11 岁的我便成了家里的劳动力!那时,在生产队里要凭工分吃饭,所以我和姐姐一样,11 岁便评了工分,参加生产队劳动了。比姐姐幸运的是,我是"半农半读",就是早晨上学前到队干一个多小时的农活,能挣一工分,下午放学后便急忙回家,再做半个下午的农活,还能挣一工分。我从小体质比较差,经常生病,7岁时得了严重的贫血,农村当时都称是"黄恙"。8岁时我体重还不到20公斤,村里的小伙伴们常常笑我是大头脖子细,越看越生气,要说扔掉吧,政府不愿意。大人都说我没救了,但生产大队的赤脚医生老陈告诉母亲他肯定能把我的贫血治好。陈医生经常给我送一些补血药,并介绍说用黄泥包乌龟烧熟吃能治贫血。一时间,热心的乡邻们都忙着捉乌龟送给我。我隐约记得自己吃了好几十只乌龟。有一件事给我印象极深,一个乳名叫洋子的少年伙伴,他爸爸捉了一只乌龟,本来准备烧熟了送给我吃,但没想到被他偷吃了,结果洋子的嘴都让他爸打出血了!人们都说偏方治大病,还真有些道理,几十只乌龟加上陈村医的补血药,不到一年,我的贫血病还真的治好了。俗话说,穷人孩子早当家,这话一点不假。我11岁那年,奶奶去世了,父亲和哥哥姐姐都在外地工作,家里只有我陪伴着多病的母亲。别看我只有十来岁,而且体质还比较差,在家里也是劳动力了!12岁时,我除了泡稻下秧不会干,其他农活基本都学会了,家务活我也尽量不让母亲做!同时,没事的时候尽量陪着母亲。

那时的农村人很难看上一场电影,有时大队放电影,我心里想去得不得了,但我家是单门独户,周围一两百米没有人家,我担心母亲一个人在家孤单,因此,我从不在母亲面前提起想去看电影!我家的前后地方很大,约有一亩地,我就在家前屋后栽了很多树,还开了一块荒地种菜。当时农村条件确实艰苦,但集体劳动也有不少乐趣,晚上几个下放知青一起教队里的年轻人学唱当时比较时髦的歌曲,记得有《渔家姑娘在海边》《春苗出土迎朝阳》等。到了冬天农闲的时候,全生产队的男女老少都一起参加演戏,演出的大都是当时的样板戏,也有"庐剧""四句推子"等地方戏。基本上是全员参与,人人有角,所以日子虽然清贫,但过得还算充实。

1978 年冬天,我们生产大队作为全县农村改革试点,率先实行包产到户。我家分得 5 亩地,父亲和哥哥姐姐都在外地工作,家里只有比我小 7 岁的妹妹和多病的母亲。所以,为了经营好这五亩地,刚上初三的我只得辍学回家种地了!由于分田到户影响了我的学业,当时我十分想不通。15 岁的我斗胆给时任县委书记写了一封信,陈述了我的看法。我认为分田到户是倒退,尤其是像我们生产队,集体经济发展得很好,分田到户让多年来辛辛苦苦发展起来的集体经济一夜之间土崩瓦解,被分光抢光吃光，"一夜回到解放前"！事实上，我信中说得一点也不夸张，我们生产队分田到户后没过 10 天，养猪场的 20 多头猪就被杀光，轧花厂的轧花机被拆毁，群众把轧花机上的钢板扛回家当捶衣板，生产队十六进十六出的抽水机管子也被人抢回家当阴沟的过路涵！看到这些，我当时确实很痛心，所以给县委书记的信上注了我的真实地址和姓名。我写信的时候也没指望县委书记能看到，但巧合的是，县委书记不光看到了我写的信，还做了批示，要求全县在搞包产到户时不要一刀切，要区别对待，尤其要注意保护好集体经济成果。为了这封信，公社书记带着大队书记到我家找我谈话。父亲知道后把我臭骂一顿，说我奶水没干，胆大包天！

土地承包后，母亲看着我家承包的 5 亩地忧喜交加！喜的是终于有了自家的土地，忧的是她自己体弱多病，在家的两个孩子都未成年。我安慰母亲说，别怕，有我呢！在分田到户后的一年多里，春播秋收，夏管冬养，犁田耙地，挑水劈柴，把我从一个"半农半读"的学生，"培养"成了一个地道的农民。记得初学犁田的时候，拐不好弯，退不好挡，田拐角总是丢出很大一块犁不掉。生产队长老许看见我这笨拙的样子，一边奚落我"嘴上没毛，做事毛糙"，一边耐心地手把手教我。其实，不仅是犁田，许多农活我都是在像老队长这样热心而耐心的乡亲们的帮助下学会的！

　　分田到户后，农村的集体经济解体了，依附在集体经济基础上的集体事业也很快随之解散。给我印象最深的是生产队的"红夜校"停办了！那些因各种原因上不了学的孩子、渴望脱盲的大人很是失落。经常听他们唠叨：要是夜校还在多好呀！当时也说不清是受什么意识的驱使，只读过五年半书的我竟突发奇想，打算在自家废弃的老房子里办个夜校。但毕竟自己文化有限，而且也只有16岁，对夜校能否办得起来，能否办得好心里没底。为此，我怀着忐忑不安的心情找到了我初中的班主任洪老师。洪老师十分支持我的想法，但他建议我把夜校改为"扫盲班"。洪老师还送我一本县教育局编写的扫盲课本，并语重心长地对我说："你能把这个课本上的字都教给大家，他们也就脱盲了。"当夜校进入筹备阶段时遇到了一些实际问题。首先是没有任何教辅资料，其次是没有课桌。我花了半个月的工夫，自己脱土坯砌起了土墩子当课桌。我还厚着脸皮找曾经教过扫盲班的老师借来了教辅资料。我语言基础差，当扫盲老师是离不开字典、词典之类的工具书的。我在新华书店里看到一本新版的《现代汉语词典》很实用，但一看定价五块四毛钱，只能望"书"兴叹了！为了能买到这本《现代汉语词典》，我在姐姐回来过端午节时偷了她三块七毛钱，用一个多月的时间遍地采摘一种叫半边莲的中药草，晒干后到药店里卖了两块钱，终于买回了那本心爱的词典！母亲知道我花五块多钱买了一本书，拿起扫帚把要打我，心疼地说：五块四毛钱能买好几斤肉呢！但母亲的扫帚把最终还是没打到我身上，气得自己哭了一场！一切准备就绪了，我请洪老师写了一个"油坊队扫盲夜校"的红纸招牌贴在门旁，又写了两条标语贴在教室内。一条是高尔基的话：书籍是人类进步之阶梯。还有一条是列宁的话：在文盲充斥的国家里是建设不了社会主义的。开学的那天晚上还真来了二十几个人，当然也有看热闹的。生产大队的民兵营长也来了，还给我们讲了几句话。说什么我们白天下地干活，晚上到夜校认字，这叫种地读书两不误！也有说风凉话的，他们笑我自己斗大字不识一箩筐，还教别人认字呢！无论别人怎么说，我的扫盲班还是办起来了。从此，寂静的小村庄再次活跃起来，夜晚又有了嬉笑声、读书声！有一件事，让我特有成就感。我们村子里有一个被拐来的湖北姑娘，还不到 20 岁，被卖给一个 40 多岁的单身汉。这位姑娘也参加了我的扫盲班，而且学习特别刻苦。两个月下来，她凭着在扫盲班上认识的字给家里写了一封信，不久她就被湖北的公安机关解救回去了。扫盲班办了大约有半年，还是办不下去了！一是无力支撑班上的开销，虽然每月只要几毛钱，我也掏不起！二是自己毕竟水平有限，教学的方法简单，所以来学的人越来越少，自己也没劲头了！后来自己总结当年的这一举动，虽有教人认字的动机，但更主要的还是自己想过把老师瘾！事实上自己还是有收获的，一是逼着我学到了一些新知识，二是锻炼了我的组织能力，后来我创办文学社多少受到当年创办扫盲班的启发！

1980 年，中央出台了原下放户的户口可以农转非的政策，我家沾了这个政策的光农转非了。农转非后承包地自然要上交，我于这一年的 6 月，离开了生我养我 17 年的故土，到县供电局待业去了！

落叶总是要归根的。随着年龄的增长，归乡的愿望、对田园生活的向往一天比一天增强。这，绝没有半点矫情！刻在一个人心里的东西或许会被淡忘，却唯有故乡不会被遗忘！在某一天，只要稍微地触动某一根神经，就会唤醒关于她的所有记忆。那里，没有人群的喧嚣，没有五颜六色灯光的迷离。夜里，沿着蜿蜒的小路，走在如水的月光下，走进宁静之土，走进圣洁之初，冻结那苦涩的叹息，融化那苍白的忧伤。这里，是我的故乡，是我梦的归宿，是我的天堂！无数个夜晚，我梦见自己抛弃了耗尽

大半辈子心血才积攒下来的一点积蓄,爬了大半辈子才攀到的
一个不起眼的小位子,不顾一切,向那片生养自己的故土奔
去……

2015 年 12 月

# 隐贤古镇在期待

　　隐贤镇是寿县四座历史文化名镇之一,古称百炉镇,为三国军营遗址。相传,当年曹操为备赤壁之战,率领数十万大军由此经过,在此驻扎数月,操练人马,囤积粮草,炼制兵器。后曹操中了吴国的诈降计,被吴蜀联军打败,在这里留下了数百座打造兵器的火炉,百姓便把这里称作"百炉镇"。唐朝时著名儒人董昭南(史称董子)隐居于此,后更名为隐贤镇。

　　隐贤镇地处寿县西南,依淠河而建,与霍邱县彭塔乡的"西隐贤集"隔河相望。"东隐贤,西隐贤,隐贤集街心能跑船。"这首童谣生动地描述了隐贤镇的地理特点。

　　2016 年的春天,我路过隐贤古镇,午饭后,我和一位同事,怀着寻古的心思,走进古镇。第一个映入眼帘的是两条"井"字形约三里长的明清古街,路面用长条青石铺砌而成,路面上深深的车辙,印证了当年车来车往的繁华,令人回想起当年"舟楫夜泊,绕岸灯辉"之盛。镇内,各朝各代、风格迥异的古建筑宛如碎玉般分散其间,似需细细寻访,却又总能不期而遇。狭长的街道上,午后的时光显得分外悠长。行走其间,有两间商铺前都挂着大红招牌,上面写着四个醒目大字"算命测字"!这一道独特的景象还真为古镇平添了几分"古韵"。我们从古街的最北端走到最南端,又从东街走到西街。四条古街中很少有行人,寂静得有几分清冷,几分缺憾,只有那一栋栋破旧的古建筑寂寞而无奈地挺立在古街的两旁,似乎在向来客诉说这千年古镇沉默的情怀和难眠的期待!

在古街深处,我们悄悄地推开了一家院落破旧的木门,这里屋檐低塌,屋面上的碧瓦已残缺不全,但从青砖院墙、照壁中仍能看出当年"琐窗朱户"的岁月。听见动静,一位老者从屋内蹒跚走来。我们向她说明了来意后,这位热情的老人如数家珍地向我们说起了这座宅子的历史:"这是清代的院子,是我们家的老宅子。孩子们都外出工作了,我们老两口子舍不得祖上留下的这片宅院,所以一直住在这里。"老人还告诉我们,古街中的房子大部分都空着,无人居住。的确,我们看到不少古民居都闲置着,有的因年久失修,已伤痕累累,摇摇欲坠!

自古以来,文明往往因水发祥。川流不息的淠河同样为隐贤古镇注入了水的灵气。追寻起隐贤镇的历史,几乎全部与淠河相关。由于淠河的分割,历史上的隐贤曾"鸡鸣狗吠听三县"。就是在今天,淠河仍是寿县和霍邱的界河。同时,淠水长流又给这里的工商业发展创造了得天独厚的条件。在古代,隐贤因得淠河舟楫之便利,南承皖西货物,北达淮水东西,商业、手工业十分发达。明代中期这里已成为江淮一带的重点商埠,不少具有经济眼光的徽商甚至浙商来到这里置业经营,更带动了小镇工商业的蓬勃发展。据史料记载,明末时的隐贤"日有千帆进发,夜有万家灯火"。

但是,这座本来红砖黛瓦、亭台楼阁、歌舞升平、商贾云集的古镇,到了20世纪,随着陆地交通的飞速发展,靠水上运输发展起来的隐贤渐渐失去优势,昔日的繁华渐渐消失在时光隧道中,消失在我们眼前……千年古镇开始荒芜颓败,渐渐退出了商业中心的位置,慢慢没有了从前的光彩!

隐贤昔日的繁华得益于水上交通的发达,今日的颓败缘于水上交通的萧条和它地处偏僻、陆地交通的闭塞!据笔者了解,直到 20 世纪 80 年代中期,隐贤镇还不通公路,离隐贤最近的省道也有 22 公里。想到隐贤去,汽车只能坐到安丰镇,再从安丰镇步行 22 公里的土路。而淠河的水路运输早在中华人民共和国成立前就已停运! 1987 年,当时的安丰区委多方筹措资金,修通了安丰至隐贤的沙石路,但很快就被碾压得破烂不堪! 有一个真实的故事足以说明这条路当时的路况。1992 年撤区并乡时,新组建的隐贤镇在这条路的镇界处树了一个跨路宣传横幅,上面写着"欢迎您到隐贤来",不知哪个调皮的家伙在这个横幅旁边的大树上也写了一行字——"颠不死你算你命大"。试想,一个如此偏僻的古镇想发展谈何容易! 但是,正是因为偏僻发展慢的原因,又使隐贤古镇至今还保留着古色古香!

古镇昔日辉煌,今朝遗存犹多。隐贤古镇是先人留给我们的巨大财富,如今,古镇的保护和开发应该提上我们的重要议程了。事实上,近年来,大家对保护古镇古村的重要性似乎都很清楚,但实际上很多人对古镇古村文化遗产的历史、艺术价值和不可再生性还知之甚少或重视不够,不少古建筑"散落乡间无人识",处于自生自灭的状态。像隐贤这样的千年古镇,虽然不再有当年的繁华,但是,古街中清一色的青石板路、清一色的徽派古建筑,前为商用门面,后为居家闺室,青砖墙、天井院、风火墙、铺板门,雕梁画栋,綮梁绕壁,木雕石刻,栩栩如生,虽经数百年风雨驳蚀,显得有些支离和朽败,然构架皇皇,仍能看出当年的雄姿。

除此之外,隐贤镇至今还有保存完好的千年古庵——泰山古庵,及董子读书台、孝感泉等景点。而且,隐贤集还有着丰厚的文化积淀,从曹操铸百炉炼兵器到韩愈送董昭南,从董昭南隐居隐贤到赵策在隐贤投身红军最后慷慨就义,稍加挖掘,便能整理出辉煌的历史。因此,我们没有任何理由再让它"养在深闺",更不能让它自生自灭!隐贤古镇期待着重拾繁华,期待着医治伤痕,期待着重塑辉煌!

**2016 年 4 月**

# 感　受　高　考

　　高考年年皆有,但对我来说,今年特别不同! 我当了近 10 年的招委委员,对高考早已司空见惯。但今年是儿子人生中的第一次大考——高考,春节刚过,全家便高度紧张起来,一切让位于高考,一切围着高考的指挥棒转。当今社会,每一个人都面临着激烈和残酷的竞争,在这样的社会背景下,高考就成了一名中学生人生的重要关口。在当今这个浮躁的社会里,高考还算是公平的,是许多没有背景的孩子改变自己命运的机会!

　　"家有考生,家长难当。"确实是这样,高考一天天逼近,我和不少家长的心情一样,困惑也越来越多,不知道自己应该干什么。从某种意义上讲,高考,既是对一名学生十几年学习成果和整体素质的检验,更是对学生家长的一次考验。儿子反而很淡定,吃得饱,睡得着,像个没事人一样!但我知道,儿子的淡定不是因为胸有成竹,而是缺乏自知之明!平时每次考完试,大人要问他考得怎样,儿子都充满自信地回答:还好。但分数一下来,立马不言不语。所以儿子的淡定,非但未能减轻我的紧张,反而让我更加不安!

6月6日,我以儿子今年参加高考,我要回避为由向县招委请了假,实际上是想多点时间陪陪儿子。6日晚上,我回绝了所有应酬,下班便早早回到我们在学校附近租的临时住所,晚上陪儿子吃饭时,反复叮嘱他不要紧张,心情要放松等,儿子压根就听不进去。6月7日早晨,4点刚过我就醒了,但躺在床上一动也不敢动,生怕弄出响声影响儿子睡觉。吃过早饭,尽管儿子一再声明不要我们送考,但我和老伴还是像跟屁虫一样跟在儿子后面来到学校门前。大门前挤满了送考的家长,每个家长的表情都不轻松!他们竭尽所能,有的在为考生们祈福许愿,有的在为孩子加油鼓劲。中国有句古话叫:火不烧谁皮谁不疼!往年,每每看到考场外面一个个家长在烈日下徘徊,翘首期盼的焦虑样子,我都十分不解,心想这些考生家长是否太过紧张。没想到今天我也成了这个队伍中的一员!或许我们这一代人对高考有太多太多期望,都有望子成龙的情结。我们小时候,兄弟姐妹太多,父母能把我们养大成人就不容易了,成不成才全是"靠天收"!记得当年我去县城参加中考时,早晨从家里走时母亲已下田干活去了,全然没有要送的意识。同村一位细心的母亲把参加中考的女儿送到村口大路上,我们小伙伴们已经是十分羡慕了!如今真的不同了,家长们都像着了魔似的粘在学校门前。顶烈日战酷暑,即使是来了狂风暴雨,也不会离开半步!真是可怜天下父母心!当我目送儿子进入考场后,想超脱一下提前回去,但老伴坚决不同意,没办法,只好陪着她在校门前耗着!其实,站在学校门口,无非是想等孩子出来时能早点知道考的情况!

终于等到了第一场考试结束,在校门口焦虑不安的家长们一下子潮水般地拥向学校大门,都希望能早点接到自家孩子。我们还没等到儿子出来,就听到有几位家长在发牢骚了,说今年作文题目又偏又难!于是,见到儿子我第一句就问:今年的作文题是不是很难?儿子依然十分淡定地回答:还好!无论他是胸有成竹,还是盲目乐观,儿子能有这样的心态还是很好的!面对儿子的"从容淡定",我还能说什么呢?我突然感到儿子长大了,那种成熟、那种洒脱深深感染着我,自己一把年纪了,反而没有孩子沉稳！是啊，儿子如今都长成大小伙子了，再也不是以前那个跟在我后面的小跟屁虫了，以后的求学路、人生路都要靠他自己去走。儿子不是父母的私有财产，父母也不能把孩子永远拴在身边！

2015 年 6 月

# 千年寿州在诉说

## ——写在济祁高速寿县段全线通车之日

　　寿县,古称寿州、寿春、寿阳。虽说它今天只是一个县,但它的历史几乎与中华民族的文明史一样久远。夏禹时,中国为九州,寿县属扬州。殷商时南方诸侯将此据为封地。周代为州来国所在地,前241年,楚考烈王迁都"寿春,命曰郢",历经四王。这座淮上重镇自秦至清,一直是诸侯封国、郡、府、道、州治所在地,在中国历史上写下了一页页辉煌的篇章。淮南王刘安在此写下了传奇巨著《淮南子》,著名的"淝水之战"和"八公山下草木皆兵"的故事都发生在这里。在这座历史名城,文化古迹与历史遗址星罗棋布。保存完好的精致而厚重的宋代城墙,全国唯一;城内外密布唐宋明古建筑;特别是在这里出土过大批蔡器、楚器,使之享有地下博物馆的美称;而地上的博物馆陈列着新石器时代以来大量的出土文物,其中有不少稀世珍宝……寿县下辖的正阳关、隐贤集、瓦埠街等都是名闻遐迩的千年古镇! 由于背靠淮河、淠河两大干流,寿县县城及正阳关、隐贤、瓦埠等集镇早在隋唐时期就"日有千帆竞发,夜有万家灯火"。可以说,在千年的历史长河中,寿县一直是皖北甚至更大范围的政治经济文化中心。但到了20世纪,随着陆地交通的飞速发展,靠水上运输发展起来的寿县渐渐失去优势,昔日的繁华渐渐消失在时光隧道中。寿县,这座有过辉煌昨天的千年古城,无奈地退出了皖北政治经济文化中心的地位! 但英雄勤劳的寿县儿女并未从此消沉,他们一直在拼搏、在奋斗、在抗争。

机遇终于再次降临寿县! 2014年3月,德上高速济南至祁门段开工建设,该高速纵贯寿县78公里;2015年12月,商合杭高铁开工,该高铁途经寿县虽然只有短短的8公里,但铁总决定在寿县设站;2016年,引江济淮(江淮运河)工程正式被国家批准,该运河流经寿县93公里! 至此,几代寿县人民所期盼的高速梦、高铁梦、通江达海梦已梦想成真! 寿县的崛起和腾飞指日可待!

这里,我重点说说寿县人民的生命路、致富路——济祁高速公路。

　　2016 年 12 月 30 日，济祁高速"界阜蚌"至"合六叶"段全线建成通车，此条高速纵贯寿县 78 公里，在寿县境内设四个互通出口。下午 4 时许，我陪同县委和省交控集团的主要领导，沿寿县境内的高速公路视察通车情况。虽然已是隆冬，但高速公路两边到处可见青枝绿叶，是一条名副其实的绿色长廊。在互通区和进出口处，种植了观赏性较高的亚热带树种和花草，把高速公路装点得花团锦簇。有这样的效果要得益于寿县县委、县政府的超前谋划和超前安排。早在高速公路开工之初，寿县县委、县政府就提出：要建设与整治同步，路与环境适应，人与自然和谐，要把济祁高速寿县段建成一条绿色之路、景观之路、生态之路！

　　十年追索，一朝梦圆。"寿县一定要通高速公路"的梦想，终于由一纸规划变成现实。可为实现这一梦想，寿县的广大干群和济祁高速的建设者们付出多少心血和汗水！

　　我是 2015 年 1 月调任寿县交通运输局局长的。当时正值高速前期建设如火如荼之际，在高速公路建设沿线，到处可见县、乡、村三级干部冒着严寒酷暑走村入户的身影，到处可见被拆迁群众搬离家园时的不舍和大义，到处可见一线施工人员逢山开道、遇水架桥的艰辛……

为了营造良好的建设环境,寿县县委、县政府做了大量功课,很快,积极支持高速公路建设,在寿县广大干群间达成共识。

高速公路建设环节一环扣一环,稍有不慎,就可能贻误全盘布局。其中,征迁工作时间紧、任务重、困难多,给地方党委、政府提出了不小的难题。只有及早完成征迁,建设单位才能如期进场施工。

思深方益远,谋定而后动。面对时间紧、任务重、纷扰复杂的征迁工作,寿县县乡两级领导超前行动、直击问题、快速推进。

县委、县政府主要领导每月都要召开高速公路建设推进会,重点协调征迁工作,明确目标责任,建立奖惩机制,加大督查力度。县委、县政府主要领导先后数十次深入施工一线,协调解决工程建设中存在的困难和问题,全力推进项目征迁。省交控集团的领导说:抓高速公路建设,寿县的力度最大。

高速公路沿线地方党政一把手更是身先士卒。他们及时解决建设中出现的问题,协调解决存在的困难,为工程建设营造宽松的环境。在县委、县政府的统一领导下,我县征迁工作开展得十分顺利。

高速公路的建设从规划、勘测、设计、选线开始,一线技术人员多次实地勘察地形,做到高速公路走向尽可能遵循自然地形延伸,少占用甚至不占用耕地和大面积填挖。对于取土场,能复耕的尽量复耕,不能复耕的,施工单位做到废方夯实,顶面平整,对坡脚进行防护处理,顶面和坡面则种植了各种景观树。截至目前,取土塘整治成效明显,已进入扫尾阶段,基本上与项目工程同步完成,初步实现了一个取土区就是一个景观塘。

鉴于高速公路建设标准高,大挖大填路段较多,难免会造成某种破坏。如何保护高速公路沿线自然景观、生态环境不遭受破坏?

为了做好保护工作,高速公路建设者们始终坚持科学发展观,做到合理施工,尽可能为这些自然和人文景观"让道"。

绿色施工,贯穿始终。施工单位一直把项目主体工程与绿化工程同步规划、同步设计、同步施工,坚持高起点规划、高标准建设、高效能管理,并实行领导干部任期绿化目标责任制,层层抓落实;将绿化工作纳入施工、监理招标文件,并将其列为工程检查内容和业绩考核评定的依据之一,职责到位,奖罚到人,绿化质量稳步提高。所以,高速公路开通的同时,路面中分带的绿化已全部完成。

"绿化工作,我们坚持科学种植、优化配置、因地制宜,特别注重选择种植生命力强、管养成本相对较低的植物。"相关负责人表示,这样既实现了绿化、美化的目的,又节省了建设、养护费用。

这是一座里程碑,它记载了县委、县政府的正确领导和科学部署,凝聚了沿线各乡镇党委政府、县直有关部门,尤其是建设单位的辛勤汗水,会集了寿县 140 万人民群众的支持与奉献。

济祁高速南接沪容沪陕高速,北连连霍高速,这条康庄大道,对拉动寿县经济社会发展,提高人民群众生活水平,意义非凡。千年寿州自豪地向世人诉说:从此,山不再高,海不再远,寿县崛起的道路不再漫长!

好风凭借力,正是扬帆时。高速公路的竣工通车,必将带来寿县开放开发的新时代……

**2016 年 12 月 31 日**

# 难 忘 甘 泉

今天是甘泉文学社成立 30 周年。早晨一起床,我总感到有许多回忆萦绕脑海,有许多故事声声在耳,有许多往事历历在目! 30 年前的今天,也就是 1987 年 3 月 8 日,在寿县一个偏僻而古老的乡村——石集镇(现更名为安丰镇),我与几个同样做着文学梦的青年人,孙玉、王教勋、程锐等,在这里成立了甘泉文学社。当时我们几个人一无经济基础,二无创作经验,用那时一句时髦的话说:"都是没有见过铅字的愣头青。"为筹备文学社成立大会,我们 30 多个社员,每人筹资 2 元钱,还有好几位拿不出来。但是,我们凭着一腔激情,把文学社办得红红火火! 还清晰地记得,在文学社成立大会上,我大言不惭地宣告:"今天我们在这里集聚,不久的明天,我们必将为沉寂如水的寿县文化撞响震撼人心的洪钟巨音!"文学社成立不久,理事会决定创办《甘泉》杂志,文友们一致推荐我担任《甘泉》杂志的主编。坦诚地说,第一学历只有初中肄业的我,当时是"压力山大"!所以我经常和文友们说:当了这个主编倒逼我开始比较系统地学习了一些文学知识。其实,当时文学社里的黄先舜、李登生、张育苗等人的文学功底都远比我深厚,大家推荐我担任主编可能更多是看重我对文学的执着追求!

为了让首期《甘泉》早日出刊,我和孙玉、王教勋、程锐等同志可以说是历经千辛万苦!当时的主要困难是经费问题。《甘泉》创刊号我们准备按 50 页 100 面的规格,印 500 册,若是交给印刷厂印刷,约需费用 2000 元。我们自己打印,也约需 300 元,当时我们几个人平均月工资不到 50 元,300 元对我们来说是个天文数字!好在孙玉同志是当时安丰区团委书记,程锐同志是当时安丰区文化站站长,他们两人带着我们一个一个单位拜访,十块二十块地化缘,跑了月把时间,拉了 400 多元赞助费。经费问题解决了,我们在很短时间内便完成了稿件的征集编审工作。正好有两名在单位担任打字员的文学社成员,我们商量由他们利用晚上时间打,我和孙玉、程锐等几位成员负责印。30 多个夜晚,大家顶着高温酷暑,忍着蚊叮虫咬,常常是一个通宵接一个通宵地围在油印机旁忙活!终于在 1987 年 7 月 8 日,首期《甘泉》问世。我在发刊词中这样写道:甘泉,它摒弃了大海的暴戾、沟河的肮脏,带着纯洁的个性、幼稚者的向往,还有饥渴人的希望,冒出于这块贫瘠的土地上!

　　1987 年 7 月 8 日下午,我们在原安丰区委会议室举行了隆重的发刊仪式,时任区委区公所的主要领导都参加了我们的发刊仪式。我在发刊式上不无煽情地说道:各位领导、各位朋友,您是否已有领悟,这块土地虽然有风有雨,有花有草,但毕竟有些贫瘠,有些缺憾!于是我们想以自己微薄的奉献,点点滴滴,汇成一股润心的甘泉,去浇灌安丰的明天!我这段演说,自认为没啥不妥,但惹得区里个别领导很不舒服,刚散会,就有一位区领导阴阳怪气地对我说:"士林呀,这块土地又贫穷,又有缺憾,是我们这些人没干好,安丰的明天就靠你们浇灌了。"弄得我哭笑不得,一脸无奈!

　　当首期《甘泉》文学期刊散发着油墨的芳香发到每个文学社成员手里的时候,大家激动不已,不少人眼里闪着幸福的泪光……

　　随着《甘泉》创刊号的出刊,甘泉文学社成员迅速增加到 100 多人,影响也越来越广,并开始引起有关部门和领导的关注。记得在 1987 年冬季的一天,我们突然接到一个通知,让我和王教勋去县委宣传部开会。王教勋是甘泉文学社社长,系石集粮站的普通职工,我是文学社副社长、《甘泉》主编,当时是安丰邮电支局的话务员。两个乡下小工人受此殊荣,实乃诚惶诚恐！于是,我和王教勋同志怀着七分激动三分忐忑的心情一块去参加了会议。接待我们的是当时的宣传部部长张银河、副部长傅厚亭、新闻科科长余江,还有其他几名宣传干事。我们坐在宣传部狭小的会议室里,聆听部长们亲切而风趣的讲话,备受感动和启发。记得没过多久,甘泉文学社就收到上级有关部门拨来的 300 元钱,作为宣传经费,还获赠十几本文学书刊,这给了我们巨大的鼓舞。

为了进一步扩大文学社的影响,1990 年 11 月,我们甘泉文学社联合《皖西日报》文艺部在寿县举办了安丰文学笔会。邀请了祝兴义、刘祖慈、温跃渊等当时在省内很有影响的作家 10 多位,还有来自全省各地的文学爱好者,共有 80 多人参加了笔会。我们商请安丰轮窑厂梁昌华厂长为这次活动赞助部分费用,不足部分由我们文学社成员集资解决。会议在安丰镇报到并举行开幕式,然后又到安丰塘和寿县古城参观采风,历时三天,最后一天惊动了县四大班子的一大批领导。时任县委书记程世龙、县长乔传秀均莅临会议。会后,乔传秀县长指示县财政局承担了这次笔会的全部费用。会议能开到当时的效果,是我们几个毛头小伙子做梦也没有想到的。

在上级领导和社会各界的大力支持下,文学社成员干劲倍增,1990 和 1991 两年间,《甘泉》先后出刊四期,其中不少文章后来被上级报刊转载,有的还获了奖。比如,我的报告文学《丹心似火四十年》获省作协 1991 年举办的"安徽省纪念建党 70 周年优秀征文奖",小说《门灯》获安徽省 1995 年报纸副刊文学作品二等奖。我和王教勋同志也先后加入安徽省作家协会。1992 年以后,甘泉文学社的大部分成员,尤其是几名骨干成员先后调离安丰,有的还走上了领导岗位,时间和空间上都不允许他们再继续服务于甘泉。所以,1992 年以后,《甘泉》没有再出刊,基本停止了文学社的所有活动。但对我个人来说,是"甘泉"把我带入了文学殿堂,"甘泉"是我在文学道路上成长的摇篮。每当我在文学创作上取得点滴的成就,我都会感恩"甘泉"! 无论是今年他岁,"甘泉",将永远在我心中流淌!

2017 年 3 月 8 日